中国当代名家
系列作品选
散文卷

山河呼啸

蒋建伟 李兴海 主编

江西教育出版社
JIANGXI EDUCATION PUBLISHING HOUSE
·南昌·

图书在版编目（CIP）数据

山河呼啸 / 蒋建伟，李兴海主编 . -- 南昌：江西教育出版社，2022.2
（中国当代名家系列作品选 . 散文卷）
ISBN 978-7-5705-2611-6

Ⅰ . ①山… Ⅱ . ①蒋… ②李… Ⅲ . ①散文集 - 中国 - 当代 Ⅳ . ① I267

中国版本图书馆 CIP 数据核字 (2021) 第 203383 号

山河呼啸
SHANHE HUXIAO
蒋建伟　李兴海　主编

出 品 人　廖晓勇
选题策划　李永山
责任编辑　万慧霖
责任印制　朱贤民

江西教育出版社出版
（南昌市抚河北路 291 号　　邮编：330008）
各地新华书店经销
湖南天闻新华印务有限公司印刷
787 毫米 ×1092 毫米　1/32　10 印张　字数 150 千字
2022 年 2 月第 1 版　2022 年 2 月第 1 次印刷
ISBN 978-7-5705-2611-6
定价：49.80 元

赣教版图书如有印装质量问题，请向我社调换　电话：0791-86710427
投稿邮箱：JXJYCBS@163.com　电话：0791-86705643
网址：http://www.jxeph.com

赣版权登字 -02-2021-655

序

何为散文?

“在中国文学史上，散文这个概念显然并非立足于其形式和内容方面的‘散’或‘不散’，而是相对于韵文而言的散行文体。”著名学者林非认为:“这种韵散之别的表达方式，在上古时期并未被引起重视，汉晋以来对文体的辨析渐趋细致，逐步形成了对韵散各种问题的论列。刘勰《文心雕龙·总术》以为‘今之常言有文有笔，以为无韵者笔也，有韵者文也’，他在《文心雕龙》中所列举的21种文体，属于他所说的‘笔’的部分16种，大体都可归入广义散文的范畴。”如此来看，“形散而神不散”只是中国当代散文写作中的一种写法，并不能代表所有散文的写法，更不能给散文写作者套上这个“紧箍咒”，提前设置这个不必要的清规戒律。我们需要打破散文创作的陈规，力求创新。比方说，可不可以“神散而形不散”“精短美文”？可不可以“大文化散文”“民生散文”“军旅散文”“亲情散文”“纪实散文”“动植物微观随笔”“禅意小品”“哲思札记”“笔记体散文”“手机短信散文”“微信散文”“民间语文式散文”，甚至说，可不可以“散文的诗歌化语言”“诗散文的想象与叙事”？……在创新的过程中寻找一条出路，思想才会飞翔，飞得越来越远。

古今中外的文学家，都在思考一个问题：“如何写好散文？”郁达夫在《中国新文学大系·散文二集》的《导言》中，也介绍过散文分类的方法，他倾向于将散文用“实写、抒情、说理”三项来概括，认为这种分类方法“合理而简明”。其中所说的“实写”，带有当代散文写作中纪实、叙事和写人的意味，属于非虚构写作，表达形式也是林林总总，对文学技法的要求不高，很容易被大众接受和喜爱。练习者一多，经常写散文、发表散文的作者也便成了散文家，有了自己较为熟练的技巧和经验，有了自己或激情四射、或思想空灵的个性。这种个性，就是文学创作中所讲的特立独行，也只有这样，读者才能从世界上浩如烟海的散文作品当中一下子认出你的作品。

文学创作的形式、技巧，可以千变万化，但是，内核不能变。说起来，小说应该有小说的样子：虚构和想象。散文也应该有散文的样子：善良，特别是埋藏于人性深处的善良。我认为，散文家的笔下，首先讲究真实，然后，善良才是一篇散文作品的内核。

“我们需要好人的存在！”著名作家梁晓声始终在呼吁中国社会要提倡好人文化。他说：“好的文化会有许多的标准，其中最重要的一条，就是关于好人。好人最重要的一条标准就是善良，这是根。秉持着善良这一点，对许多事情的判断都不会那么复杂，变得相对简单了。”“我们希望有一天，做一个好人能成为生活幸福指数的一部分。”也就是说，不论在任何时代，都需要好人多一些。

换句话说，好人作为推动社会进步的个体，可以阻止时代向不好的方面倒退。那么，什么样的人才是好人呢？在这里，梁晓声所说的好人并不是老好人，而是自身有文化、有知识、有价值观的人。

善良，不仅是一种文化，也是一个人的情怀。所以说，我们写散文的人，包括许多还在学校写作文的小学生、中学生、大学生，要做一个善良的人，写出善良的文字。

写到这里，我不由自主地想起了90岁高龄的林非先生。林非先生一生致力于中国散文和鲁迅研究，作文严谨，著作等身，不知扶持了多少后生晚辈，做过多少件善良的事情！乃至，多得连林非先生自己都忘了。印象最深刻的是，每次我给他打电话，还没等我张口，他就抢先说："你刚刚发表的文章我看了，写得很好——"他把最后一个字的余音拖得很长，有肯定，有鼓励，有期许，让人心底好一阵温暖。近年来，他困顿于病床之上，然读书仍不知疲倦。2020年春节前，我和林非先生的爱人、作家肖凤短暂通话，谈及先生的病况，很是牵念。这之后，全球新型冠状病毒肺炎疫情来袭，反反复复侵扰，已经两年多没有他的消息了。想起他面对面对我的教导，想起他对于我的创作的关爱和批评，泪水翻涌，心音默默，唯有遥祝他老人家早日康复。我的耳边，时常响起林非先生的两句话："一切出于真挚和至诚，才是散文创作唯一可以走的路。""千万注意坦率地表露出自己的真情实感和内心图景，千万别将内心封闭起来假装崇高，否则，是无法让读者相信作者真正是崇高的。"

我们所擅长的东西，也正是需要我们保持万分警惕的东西。北宋初年文坛有一场轰轰烈烈的古文运动，以欧阳修等人为代表的文人群体探讨着如何继承与发展韩愈、柳宗元的散文传统，他们对于"道统"还是"文统"进行了反复激烈的大争论，这充分显示出他们在自己发起的古文运动中，具有十分自觉的建树散文文体的意识。

这也说明，散文写作不是一成不变的，是能够求新、求变的，我们通过一篇篇的摸索和实践，一次次的思考和参悟，一次次的碰壁、被打倒、站起来，然后继续碰壁、碰壁，不断地在否定自己和发现自己的困惑中有所感悟，有所成长和进步。

这套书，这么多篇的散文，希望能带给读者不一样的阅读体验。

蒋建伟

2021 年 11 月 9 日于北京

目 录

我的城市　我的故乡

于坚

一

从前，有一个地方叫“昆明”。

落日时分，当中国的城市从北方的平原上开始，一座一座沉入黑暗之后，云贵高原之上的昆明依然处于白昼的光芒中。这座古老的城市接近太阳，阳光要在中国大多数城市都陷入黑暗之后，才从这座城市暗下去。因此这个城市永远有金色的黄昏、光辉的街道。我童年的街道面对着落日，那街道像是一直铺到太阳里去。在那石板铺成的路面上，走过来倒垃圾的马车，像天神派来的使者，马车闪着金光停下来，赶马车的大爹摇响黄铜铃铛，倒垃圾的人鱼贯来到街道上，他们的脸被日光一张张照亮，又消失在街区的阴影中。昆明主要的街道都是东西向的，因此在日落之前，这个城市到处是通往落日的街道，闪着光，犹如刚刚被女人们用抹布擦过的地板。天空蔚蓝而透明，空气清新，灰色瓦顶上的房头草微微摇晃着，梧桐树的躯干像镀金的豹子那样闪闪烁烁。透过某些人家未关严的大门，可以看见玫瑰、兰花、月季在古老的庭院里开放。落日渐渐地下去了，彩云布满天空，像是昆明周围山冈中野兽们超现实主义的梦，红色的狮子，紫色的熊，长在羊群中的孔雀，山羊的脸变成了虎，独步于海滨的象、从巨鲸的尾巴里长出来的棉花……刚刚形成就变形了，像是画家达利脑海里那些转瞬即逝的灵感，昆明在彩云的笼罩下了，天空里有蝙蝠和燕子在飞行。

黄昏中总是有那么一刻，光芒渐暗，在恍恍惚惚、朦朦胧胧之中，城市变成了紫灰色，世界像是被拉掉了电闸，忽然停下来，街道上的人仿佛往昔年代的幽灵，不动了，着了魔似的静止，定格，安静无声，少顷，才渐渐地恢复动静。某家铺子歇业，上门板的声音响起来，灯火也亮起来了，猛抬头，发现巨大的黄月亮已经像镜子一样挂在武成路的东头，但还不到两层楼高，适乎可以照出自己的脸；下面，一个永远积着污水的水洼在闪光，一面挂在清代木阁楼的镶花窗子上用来照妖怪的小圆镜晃了一下，好像真的照出了妖怪的脸，孩子们惊叫着奔回家去……到八点钟左右，夜晚才姗姗来迟，明月皎洁，照耀着染布巷的青石小路，照耀着吹箫巷的瓦和圆通寺的大殿……少年时代，故乡那些永不结束的金色黄昏，使我对世界产生了一种天堂般的感受，虽然世界并非如梦境，但昆明确实给予我过这样的感受，这种感受深刻地影响了我的整个人生，使我在内心中永远爱着，爱着这个与生俱来的世界。

二

多年前，我阅读诗人歌德的传记，作者59岁时，他儿时的法兰克福依然如故，世界改变了，但故乡依然是故乡，“一切都让人想起城市和地方上都扰攘不安的久已逝去的时代”“一种对古色古香的爱慕之情在我的心中油然而生”。可以说，正是这种“古色古香”的东西，正是古老的美因河大桥、卡尔大帝和他嗣君的城堡遗址中尚存的萨耳宫、老商业区、巴托罗缪教堂周围的商店街、

“毗连市场的狭窄而肮脏的肉案”造就了伟大的歌德。我可以肯定，在一个刚刚完工、粉刷一新的小区，是不会诞生歌德之类的人物的。李白、歌德、曹雪芹这样的人物总是在“古色古香的东西”中诞生，这是文明史的一个普遍经验。故乡并不仅仅是一些失效过期的建筑物，而是孕育诗人的那种东西。一个地方要诞生歌德这样的人物，恐怕得有三百年的工夫，等待那种“古色古香”的氛围出现。“少小离家老大回，乡音无改鬓毛衰。儿童相见不相识，笑问客从何处来。”这是人生的一个基本情节，生命的普遍结局。多年前，我相信我也会重返我少年时代生活过的街道和大院，指着那棵老枇杷树对我的后代说，我小时候就在这棵树上玩，还用小便浇过树根。但后来我发现我永远不可能写一部像歌德那样的回忆录，我在这个城市不过生活了四十多年，我的城市已经焕然一新，往日生活的痕迹荡然无存，举目所见皆是我不认识的建筑和街道，石灰和水泥的新鲜气味，它的造型、亮度、色彩都是我所陌生的，在这里没有我生命刻下的丝毫的痕迹，最多只是“到此一游”吧。我没有语词和证据来描述它，我只有默然，与那些初到此地的人一样，默然无语，找不着北。人并不是立即就可以适应任何一种新的东西，搬一次家，要把房间里的光线、家具、色彩气味调整到位，使你在其中有家长的感觉、身体的延伸部分的感觉，至少需要二十年的时间，至少需要发生过一百个故事。一个焕然一新的故乡，令我的写作就像是一种谎言，我的诗歌辞典是在昔日的故乡诞生的，是往日的生活造就了它。那一日，是个雨天，出一阵太阳下一场小雨，我独自回到我少年时代的街区，那街区刚刚拆掉，犹如发生了地震。我穿过废墟，凭着对地形的模糊回忆，找到了我少年时代生活过的那个四合院的遗址，那里还剩下一些木柱子和一堵墙。是那堵墙使我认出了这里就是我少年时代的家。我们刚刚搬进来的时候，这堵墙已被粉刷成白的，我以为它本来就是白的，但住了两年后，某一天那墙上的白皮掉下来，我才发现原来的墙上是画着龙的，墙面上露出来一条彩色的龙尾巴。现在这条龙大部分都露出来了，被墙头流下来的污水染成了黄的。但我并不能完全肯定这就是我少年时代的家，因为紧挨着它的应该是一个法国式的走廊，这个走廊是露天的，水门汀路面，两边是花瓶形状的红陶栏杆。走廊把这个四合院的照壁这一面连接了起来。就是说这里本来只是照壁，但设计师别出心裁，在照壁上面盖了一个走廊。我记得那些红色的花瓶栏杆中的一根通了一个洞，里面是空心的。住在我家对面的小明有一次逮到一只小老鼠，他用线拴住小老鼠的尾巴，让它钻进那个洞去，小老鼠钻进去线就断了，它也就此从那个洞里失踪了，我们用破布把洞口堵死，希望过几天能在洞里找到那只小老鼠的尸体。但过了一个星期，小明把手伸进去掏，却什么也没有掏到，我觉得这个洞充满了神秘感，它一定通到了世界的另一个地方。但这些废墟中根本没有这些土陶栏杆的痕迹，甚至这堵墙的方位也是不对的，住在屋子里的时候，我一直感觉它是朝正东的，但现在露出来，它却是朝着东南方向。我不能肯定那雨天我所到的遗址就是我昔日的家。

不久之后，那里连废墟也找不到了，新的房子拔地而起，那个街区的名字在新的地图上也消失了。于是，我甚至怀疑自己是否真的在那里居住过，那些所谓红色的花瓶形状的土陶栏杆也许是我从巴尔扎克的小说里看来的。如果那儿压根儿没有你所提到的一切，你的写作不正像是谎言吗？或者，你不是完全可以肆无忌惮地虚构吗？在我们的时代，世界日新月异，依据回忆进行的写作永远只是超现实主义的。世界只存在于我的写作中。离开了写作，世界是什么？我的写作尚未来得及开始，世界已经更新。写作与世界已经不存在那种古典的对应关系，世界不再是写作活动的证据。我只有在回忆中才能找到我梦想中的天堂故乡，回忆也是靠不住的，回忆只是对昔日的改写，一次绘声绘色的扯谎，回忆是没有证据的，随便你怎么说都可以，并没有一个现实来对它的可靠性加以验证。作家普鲁斯特描写的真的是巴黎吗？他只是虚构了他内心的巴黎。回忆只是一座语言的遗址，而且是一座可疑的遗址，似是而非，朦朦胧胧，缺乏具体的细节，我根本就无法告诉你那天堂故乡的某个大门上的铜门环是什么颜色，我也无法告诉你那城市某个日子的天空上飞着的鸽子是什么样子、它旁边的云是什么形状。当我身临其境时，我并不注意这些，我不需要去注意这些，就像我不需要时刻牢记我有一个鼻子一样。人们并不是在回忆中生活，相反，人们是在遗忘中生活，遗忘乃是存在的本质。一种什么都要牢记的生活是可怕的，那不是生活而是关于生活的课文背诵。那么，回忆是什么？回忆是存在的幽灵，只有当一切已经不存在，回忆才从世界的废墟上升起来，慢慢地扩大它的疆域。回忆就是自由的虚构，没有空间，没有时间，没有细节，没有个人的痕迹，一切都是普遍的，这是一个普遍的黄昏，而不是存在于昔日时间中的某个具体的黄昏。我的生命中从未有过这样一个黄昏，我从未在昔日的某个时刻意识到昆明乃是天堂。从那些灰色的中国筒瓦中吐出过多少个黄昏啊，但我从未在意，这是与生俱来的，最基本的，难道一座四合院的大门上会没有一个黄铜门环吗？难道会有没有四合院和水井的故乡吗？难道这世界能够没有这样的黄昏吗？因此，我的写作只是一种似是而非、吞吞吐吐、不能信以为真的东西，回忆是靠不住的，它只是一个自作多情、多愁善感、没有家的幽灵。

守林老人的歌

关仁山

守林老人老强是我的朋友。

我与老强成为忘年之交纯属偶然。老强是沙河两岸的护林员，也是我县业余文艺骨干。我在县文化馆工作的时候经常找老强，因为老强能唱民歌，还会拉二胡。他的歌和胡琴声，还有那片树林，便留在我记忆里了。

最初见到老强是在1993年秋天，我到乡下采访，随乡团干部过沙河渡口，过沙河时竟坐的是老强的船。老强既是护林员，也是沙河渡口的船工。老强是个胖胖的老头，走路时摇摇摆摆的样子很可笑，像被沙河水呛晕的胖头鱼。他摇船时口衔一支长烟袋，烟袋黑长黑长，他总是那么极有滋味地吧嗒着。团干部小董把我介绍给老强，并告诉我，这老头嗓子好，能拉会唱，是村里一个老知识分子。我们哄说："大爷给我们吼一嗓子。"老强笑呵呵地说：“当着文化馆的老师们我就献丑了。”说着吼了一嗓子京剧：三杯酒下咽喉把大事误了……我听着他的京剧，感觉嗓音有金属之声。下船的时候，老强也没能唱民歌。当年的春节花会进城，在高跷队里，我看见打鼓的老强，便与老强熟了。他跟我讲了好多守林的故事。老强有一个美好幸福的家庭，有老伴，有儿子、儿媳，有孙子，自己不愿意待在家里，在家里心就烦。他说钻进林子里能治百病，大自然美呵。我问老人：“你为什么觉着大自然美？”老人笑着说：“在我眼里，水是活的，树也是活的，而家里的房屋摆设都是死的，多明多亮也没啥劲创造美好。”绿树，它环绕着我们，同时在无穷无尽地创造着新形式。

我还听老强说，他的梦里永远有那两岸的绿树。他除了守林，还培育树苗，每年春天，乡里搞绿化植树，他都能贡献出上千棵树苗。他的人生过程是在圆梦，圆一个绿色的梦。守林是很寂寞的，但是，能够在孤独寂寞中苦心经营绿色并使自己成为心灵快乐的人，能够抵御生命门槛之外的所有洪水猛兽。

老强似乎是个气场，气盛人正。老强在春夏秋三季时常住在河坡的泥棚子里。守林的时候，老强洋溢着莫名的快乐。有一次，村里小学的校长找他，说护着学校的一些树被人偷砍了。老强气哼哼地去了小学。老人白天在那里转悠，晚上不睡，像公安人员一样蹲守着。果然，在暗夜里，他逮着一个偷树的人。偷树人不服，说村主任兄弟二贵偷树你不管，就只管我这平民百姓？老强一听村主任兄弟也偷树，就找来派出所的民警，连这人和村主任兄弟一齐抓走了。村里人从此高看老强一眼。

后来有人报复老强。一天夜里，几个小伙子将老强衣服扒光，捆绑在沙河边的一棵老树上。正是夏天，蚊虫叮咬，任老强怎么喊，也不见人。后来，老强干脆伸着脖子唱民歌，唱歌时胸脯一鼓一鼓，浑身肌肉就一动一动，蚊虫就不怎么叮咬他了。黎明的时候，过河的人听见老强唱民歌，才将他解救下来。家人劝他，别守林了。老强依然倔倔地说："我这把老骨头怕他们？我真窝在村里，那才叫人看笑话呢！"老强又去守林了。

我在想象这样一个画面：落日坠入沙河套，老强就摇摇晃晃地出现了。他站在河堤上，如果不说话、不唱歌，就会被人看成一株饱经风霜的老树。人即树，树即人，人树合一了。

我耳边回响着老强的歌声：树林里的小白杨，摇啊摇啊摇得我心慌，你向我要水，我给你蜜糖。等候轻风吹我才跟你唱……

今年秋天，我听朋友说，老强得了一场重病，不能去沙河套守林了。新护林员已经上岗。新护林员上岗那天，儿子、儿媳用小排车推着老强到了沙河套。老强朝树林摇了摇手，眼眶一抖，便落下了老泪。整个秋天，老强呆呆地坐在窗前，凝望远方的树林，却不知远方的风景里是否有人。打开岁月的栅栏，另一边是我们经历过的往事，这一边是未知的明天。我祝愿老强早日康复，静静的沙河套重新出现老强的身影，重新飘荡起老强的歌声。

我想，大自然里的歌声总是先声夺人，正是英雄的行径……

“奏捷之驿”

迟子建

四十年前，母亲只有二十七岁。那时的母亲在我们小镇人的眼里，是个不会过日子的女人。因为每隔一两年，她就要领着孩子，回娘家去。在那个年代，旅行费钱又费时。由于交通工具的单一、稀缺，加上路况和天气等因素所造成的车船的运营时间的不确定性，从我们小镇到外婆所在的漠河乡，虽然不过三百来公里的路程，可是一旦走起来，少则三四天，多则六七天，煞是曲折。做小学校长的父亲爱开玩笑，他将路途的艰难，算到地球身上去。说是人在一个球上走，这个球还转着，当然走着走着就要滑下来，哪那么容易到老家呢？我一想蚂蚁有时在圆石头上爬，也有栽跟头的时候，便觉得父亲说得在理。

母亲大约不太放心父亲吧，她回娘家，总是带上两个孩子，留一个在家中。弟弟年幼无知，每次都要被带走，而我和姐姐呢，轮流在家。我们的角色，跟密探差不多。记得四十年前母亲回外婆家的那次，她出发的前夜，先是许诺回来时给我买件花衣裳，然后反复叮嘱我，让我晚上跟着父亲，他去哪儿串门，我就去哪儿。我忠于职守，天一黑，父亲前脚出门，我后脚就跟上。我就像牧羊人一样，握着无形的鞭子，看着月亮升得高了，赶紧把父亲赶回老窝。这个时刻的父亲，只能乖顺地做我的羊。其实父亲对母亲是非常忠诚的，他每天总要念叨她几句，猜测母亲他们到没到，路上遇没遇见麻烦，到了又是怎样一番情形。由于我们小镇和漠河乡都不通电话电报，到的人无法报平安，所以这种牵肠挂肚的念叨，一直要持续到母亲风尘仆仆地返回。

从我们小镇去漠河乡，如果是夏天，通常是先坐长途客车，沿着坑坑洼洼的沙石路到三合站，然后再换乘轮船，逆水而上。如果是大轮船，到漠河乡的码头要航行三四天；小轮船呢，也得两三天。船长是一条船的“皇帝”，若是碰到性情随和而又富有浪漫情怀的人，除了规定的停靠站，中途若遇可人的风景了，比如说发现岸上有一片艳红的山丁子果，大家垂涎欲滴的，他就会让船停靠一刻，放下浮桥，让旅客下去采摘。当然，大多的船长是一丝不苟的。比如我六岁时跟着母亲和弟弟去外婆家，因为乘坐的大客车中途坏了，修车耗蚀了时间，客车到三合站的码头时，船已开了。我们眼见着一条白轮船缓缓地离岸而去，母亲哭倒在沙滩上。因为这条船错过了，等下一趟，要三天以后。那一刻我恨那条船，为什么它就不能折回来接上我们呢？看来船不是风筝，说拉就能拉回来。我们滞留在一家大客店里，睡着分上下两层的光板通铺。这个意外无疑削弱了母亲并不丰裕的钱袋，她整天气咻咻的。我还记得她带了一罐豆腐乳，放在上铺。住在下铺的我，常常趁母亲不备，小老鼠一样地爬上去，用手指头偷着抠豆腐乳吃。下一趟船终于等来了，那是我第一次乘船。由于船航行在中苏界河上，白天站在甲板上的时候，常能看见被我们称为“江兔子”的苏联巡逻艇在江面上突突地跑。艇上那些大鼻子的巡逻兵，喜欢摘下帽子，朝我们挥舞，像嬉皮士。我喜欢看自己船上的船员站在船尾用挂网打鱼，喜欢看环绕着轮船左右翻飞的雪白的江鸥。当然，我也爱看火烧云，它们把西边天镶嵌成了一幅又宽又长的年画，那么的鲜艳、热闹。等到船终于停靠在漠河乡的码头，母亲向前来接船的亲人委屈地哭诉着这一路的艰辛时，我撇着嘴，心想有什么好哭的，在三合站等船的日子，过得多有意思啊！

冬天封江了，船停了，母亲归乡的路，只赖汽车轮子了。汽车不像轮船坚如钢铁，它的轮子是凡身肉胎，说坏就坏。轮胎一旦破了，汽车抛锚了，罪也就跟着来了。因为汽车行驶时散发着热量，车内虽然不很温暖，但不至于把人冻着。可它一停下来，如同一个人挺了尸，立刻变得冰凉，我们只得下车，在冰河上奔跑，以免被冻伤。而冰河时常有大面积的冰包出现，这时汽车只能绕道而行。如果绕不好，汽车轮子轧到了苏联疆域，麻烦就大了，双方还得照会。所以开客车的师傅，在拣好路走的时候，还得留意着边界。

即便这样，那些年，无论冬夏，都没有阻断母亲回娘家的路。大概在我十三四岁的时候吧，铁路开始往漠河延伸，有了火车，汽车和轮船就面临着退役了。火车是森林小火车，只有一列，每小时五六十公里的速度吧。它虽然逢站必停，还常常晚点，但坐火车稳当便捷，母亲再回家，就选择火车了。

如今从我们小镇到漠河乡，不仅有新修起的光滑如镜的水泥路，还有提速的火车。以前三四天的路程，现在半天就走下来了。前年漠河又开通了机场，从北京飞往那里，三个小时就够了。你想饱览北国风光，不过是一盘棋的工夫。

我还记得读大兴安岭师范时，每逢寒暑假，因为县城的火车站离我们小镇还有十几公里的路程，而那儿又不通汽车，我在返校时，常常要搭生产队进城的马车。由于火车是夜间的，而我往往中午或下午就到火车站了，所以候车室里，常常只有我一个人。坐困了，我也不敢睡，怕万一进来坏人，把我的包给偷了。因为旅行包里，装着书本、炒面和咸菜。那个年代，它们都是我的宝贝啊。

父亲1986年冬季在故乡突发脑出血，由于没有及时找到车辆，他被送到城里的医院时，耽搁了近三个小时，错过了最佳抢救时机，终遭不治。那条十几公里的坎坷的故乡路，在我眼里就像一把长长的尖刀，深深地刺痛了我的心。我总想，如果换作今天，父亲肯定能逃过劫难。因为现在从县城通往那里的车辆，不计其数。

前年我在翻阅大兴安岭地方志的时候，看到一段有趣的史料，清朝军队在第一次雅克萨自卫反击战胜利后，有三个兵丁从雅克萨出发，飞马奏捷。他们5月25日出发，穿越我故乡的茫茫林海，直达关内，6月6日巡幸在古北口外的康熙帝收到了此报。五千余里的路程仅用了十几天，堪称奇迹。从此后，这条驿路就被称为“奏捷之驿”。我在想，十几天，五千里路，会留下多少湿漉漉的马的蹄印呢？康熙帝大约不会想到，三百年后，这样的喜报，瞬息可闻。

但母亲还怀恋着她年轻时代的归乡路。去年冬天，她意外摔伤骨折，卧床养病的时候，有一天忽然惆怅地对我说，现在往漠河乡也不通船了，要不坐一趟船回去多好啊。我说乘船有什么好，跟牛车一样慢。母亲望着我，满怀忧伤地淡淡回了句：风凉啊。

人间有情（组章）

顾晓蕊

愿时光不老

到了家门口，发现忘了带钥匙，我抬手敲门。“咚咚，咚咚……”初时是有节奏地叩门，没人回应。敲门声细密起来，如冷雨敲窗，“咚咚咚咚咚”。仍没回音，敲门声变成了响亮的鼓点，“咚——咚——咚——”。门总算开了，探出一张温良和善的脸，是母亲，皱纹里淌着笑意。

“哎哟，手都敲疼了。”我怨嗔地说。她腰间扎着围裙，手里掂着锅铲，歉声道：“我在厨房，抽油烟机开着，声音太吵，听不清外面。”我换拖鞋的工夫，她踅身回厨房，小声补充，“累了吧？这就开饭。”

慢慢地，我心里浮起几丝愧疚，尾随她拐进厨房，盛饭，端汤，坐下来吃饭。爱人工作忙，中午很少回家，女儿又住校，只有两个人的午餐，母亲做得也很用心。干煸冬笋、清炖鲈鱼、豆腐菌菇汤，饭菜精致，不凑合，都是我喜欢吃的。

“味道不错！”我边吃边夸赞，眼睛瞟向母亲。她轻皱着眉，鼻尖上悬着几粒汗珠，闪莹莹的，伴着咀嚼一颤一颤。我问她：“腰还痛吗？”半个月前她到市场上买菜，被一辆三轮车碰倒，扭伤了腰。“唉，人老了呀，经不得磕碰。”她缓缓说道，身子向前俯着，抬手捶了几下腰，侧影有些忧伤。

我低下头去，接着挟饭，心里却如沸水般翻涌起来。母亲已年过古稀，时光在她身上留下深深浅浅的印痕，白了鬓发，弯了腰身。想起村上春树的话：“我一直以为人是慢慢变老的，其实不是，人是一瞬间变老的。”心里忽疼了起来，总以为时间还长，但这么快，母亲就老了。

家中的相册里，留有一张她旧时的照片。照片中的她个不高，瘦脸，眉眼清亮，穿件蓝底白花衬衫，扎两根黑粗的长辫子，给人的感觉是素朴、爽利、端庄。

母亲念过几年书，能写能画，在乡下时干过妇女队长，是个极掐尖要强的人儿。父亲是一名军官，常年在部队，难得回来。母亲家里家外的忙，耕田插秧、担粪浇地、翻修屋舍……她干起活计又快又好，一米五几的瘦小身材，生生把些个男人比矮下去。不强着些，又能怎样？在乡村，家里没个顶梁的人，是会被人轻侮、受到冷落的。

不说别人，奶奶就很少正眼打望过母亲。母亲在旧屋生了我后，奶奶听到别人传信，用毛巾裹几个刚煮熟的鸡蛋，兴冲冲地来看。掀开门帘，听接生的说是女娃，扭身出去，连一个鸡蛋也没留下。奶奶站到院里，甩出几句冷话，石粒子一样飞来。母亲隔窗听到，胸口一阵疼痛。

母亲晕沉沉地躺了一天，翌日醒来，饿得浑身无力，勉强下床，挪到灶间引火烧汤。第三天，她端着一木盆尿布，到河边刷洗。沁凉的水，冰着她的手。待我过了满月，她将我哄睡后，用被子挡在床沿，到田间干活。日子一天天熬过，其中的苦楚与悲凉，只有她自己知道。父亲来信问起，她每每回道：家里都好，不必挂念。

奶奶的轻慢态度，不曾减弱母亲对我的爱。她常痴望着我，自语道："女孩多好，清眉清眼，清水样儿。"我的小花衣花裤，是母亲自裁自做，一针一线缝制的。她说女孩要穿爽净些才像样。

到我能跑会跳了，偏又身子孱弱。母亲为了多挣些钱给我瞧病抓药，还到距家三十余里地的矿上拉过煤。天刚透出微微的亮光，她就起床，揣上两个饼子，拉上架子车出发了。三月的风，欲暖还寒，她拉着车走在乡野小路上，四周漆黑一片，凉凉的露水打湿了裤腿，她却浑然不觉，只一心想着赶路。

到煤矿上时已近中午，装上一车煤，她顾不上歇口气，把绳套挂到颈间，拉上车往回赶。汗浸透了衣衫，走累了，坐在田埂上，掰块饼就口水，攒些力气接着走。走着走着，夜的幕布罩了下来，路过一片荒坟地，母亲不敢停歇，咬紧牙一气拉回家。

进了家，母亲把稀粥煮上，待火舌热烈地舔着锅底时，她才坐下来。她将外衫轻轻褪下，肩上是被绳勒出的道道血印。

那时我五岁，帮母亲敷抹草药时，听她讲起路上的见闻，好奇地问：“妈妈害怕吗？”她温存地轻抚着我的头，回道：“没顾上想，不知道怕的。”她适才还青郁的脸，被蹿出的火苗映得通红。我有点羡慕起母亲进城，这一天走那么长的路，去那么远的地方。

又过了两年，母亲带着我随军去部队。她到一家绣花厂做活，挣些钱补贴家用。那双握惯了锄头的手，绣起花来同样灵巧。母亲一手握布绷，另一只手捏着绣针，指尖上下翻飞，小半天的工夫，绢布上枝叶摇曳，花绽蝶舞，淌动着浓浓春意。

记得有一回，我放学后去绣花厂找母亲。院子里有棵高大的老杏树，足有十余米高。树上的杏子熟透了，灿黄诱人。我馋得口水流淌，缠着母亲非要摘杏子吃。她仰头望树，迟疑了下，但还是牵着我的手，来到树前。

她双手抱紧树干，脚使劲一蹬，“噌噌噌”，攀上高大的杏树。她坐在高高的树杈上，手捂胸口稳了会儿神，这才不慌不忙地站起，折了根树枝，左敲一下，右敲一下，杏子“吧嗒吧嗒”落下。我挎着小篮子，兴冲冲地跑着捡拾，边捡边吃，嚼得两腮泛酸，才肯住口。

多年后的一天，我的一位舅妈从老家来，捎来一篮新摘的黄杏。隔着几十年的光阴，回想起往日情景，那一篮子的阳光和欢喜，闪动在记忆里。我跟她说起母亲爬树摘杏的事，她一脸惊诧，摇头说："不可能哟，你妈有恐高症。再者说了，她早先上屋顶晾晒粮食都头晕的。"

我吃惊地望向母亲，想从她的目光里得到求证。母亲低低一笑，我霎时明白了。难怪逢上重阳节，我陪母亲爬山，到山脚下，她便不肯走了，说："你往上去，慢着点，我在这儿歇脚，等你。"

母亲洗了杏子，挑个大熟透的，送到屋里给奶奶先尝。爷爷得病去世后，父亲便把奶奶接来同住。他后来已从别人口里知道了奶奶从前的冷漠，心里有些顾虑和担忧。他小心地说起这事，母亲倒爽落得很，一口应下，还劝父亲说都过去了，不能跟老人计较。

原以为她心若一池静水，无澜无惊，却原来啊，只因为她是母亲，便要将所有的怯懦与忧惧，小心地藏起，用爱，为我撑一片馥郁的浓荫，遮蔽俗世的冷风苦雨。

而今纵然老去，她仍不肯闲下来，每日读书读报，操持家事，保持着一份洁净优雅。那目光依旧纯澈、明静，如一汪清潭，仿佛能照见天光云影。

可看着母亲一天天老去，终究是让人伤感又无奈的事。她早年干活太过使力，无形中落下病根。随着光阴远去，人渐老后，她被各种疾病缠绕着，疼痛如丝如缕，时缓时重，每天要吃一撮一撮的药。很多时候，母亲都隐忍着，一退，再退，疼得实在受不了，才长长地叹几声。那叹息，一声声敲在我心上。

我的性子一向倔拗，表面上温和沉静，有时却很急躁。那些脱口而出的无心的话，如锐利的刺，一度伤了她的心。而母亲则用她的坦荡与宽宥，一次次地容让。细润无声的爱感化着我，让我羞愧难安。好比说敲门这件事，明知母亲年岁大了，我却还那么心急气躁，怎么就不能多点耐心呢?

我独自懊悔着，忽闪跳出个念头，趁刷碗时，扭头对母亲说："等过些天，我陪你去鲁山，看万亩桃花，拍些艺术照。"以前也给母亲拍过照，但太随意，这回，我想专门为母亲拍一组照片。

艺术这俩字显得庄重了些，母亲很是欣喜与不安。为此，她提前去发廊染黑了头发，翻出我买给她的暗红格子绒布衫，熨了又熨，像是准备去赴宴。

到了周末，我陪着母亲坐车去山里。一到山脚下，到处都是灼灼盛开的桃花，嫣红灿漫，美如云霞，好似置身花海。母亲站到一株株花树前，时而低头，时而仰望，或浅笑伫立，或微闭双眼。我举起相机拍个不停，她笑得眼里开出花来。

我深望着母亲的笑脸，心中自是欢喜，同时，又有些酸楚。母亲的心，是如此容易安慰和满足。恍惚间，仿若时光倒流，我又看到当年的母亲。如果说母爱是一条河流，我多想时光不老，河水逆流而上，母亲永远是年轻的模样，那有多么好！

依稀的时光，恍若梦境，已是回不去了。我唯有祈望能多些时间，牵着母亲的手，陪她慢慢地走。老舍说过：有母亲的人，心里是安定的。在我的心灵深处，母爱的河流静静流淌，水面洒满银白的月光。有了这抹月光，我便不会陷入黑暗之渊，永远内心明亮。平凡的日子，也因此充满了温暖喜气。

一棵会思考的松树

在海岛上居住的日子里，总觉时光慢，山间岁月长。只要一得空闲，我便沿着曲折幽静的山路，在流青滴翠的丛林里转悠。轻嗅着空气中飘荡的松香气息，身心如被芳菲之气淘洗过一般，清爽又舒展。

山中松树居多，树影重重，层层叠叠。人穿行其间，恍若置身于绿海松涛中。循着浓浓淡淡、深深浅浅淌动的绿意望去，满目青郁，连我的心也被染绿了。

平日里一背书就喉咙发咸，像含着枚铁钉似的。而走在山中，我脑中不时灵光闪现，竟突来兴致，高声诵起诗来："亭亭山上松，瑟瑟谷中风。"走了几步，又念，"何当凌云霄，直上数千尺。"

教我读诗的人叫李浩林，清瘦的脸，头发浓密微卷，写得一手好字，还会吹笛子，是个干净清俊的男子。他大学毕业后，来到海岛教书。

海岛的小学校环境简陋，两排破旧的房舍就是教室。有的老师受不了岛上的寂寞，待上一年半载就调走了，他却执意留下来。李老师课讲得有趣，目光温润而坚定，唇角边总挂着一抹清浅的笑。

有一回语文课上，他在黑板上画了一幅画——高山陡崖上，斜逸出一棵松树——让我们看图写一段话。同学们嬉笑着说：“这树漫山都是，有啥可讲的嘛。”

李老师不急不慢地说：“可别小瞧了它，这是一棵会思考的松树。一粒种子被一阵风或是一只鸟，携落在危崖石壁间。寒风不惧，冷雨不侵。它铆劲儿地长，努力地长，长成一棵苍郁的、坚劲的、傲然挺立于山巅石隙处的松树……”

那以后一进入林中，我就留心地看，一棵棵松树或直立挺拔，或虬枝横展，皆坚劲而秀逸，独立而峻朗。尤令人惊叹的是，偶一仰头，一棵松树突兀于高崖之上，一抹苍碧，犹如一团绿云。

我既欣喜又讶异，感叹于山之清慧。再看那棵松树，倒似该长在那里，与清风朗月为伴，在寂寂的光阴里站成永恒。

沿着窄窄的小径继续往前走，有时会听见清扬婉转的笛声，如水般淌泻一地——是李老师在山林中吹笛子。我停下脚步，静静倾听，清音悠扬从耳畔拂掠而过，轻轻回荡在黛山幽谷间。

我躲在一棵高大的松树下，眸光落在他的背影上，不敢发出半点声音，生怕惊扰到他。笛声忽远忽近，时而激越时而轻柔，那一刻，我的思绪仿若伴着笛音，飘浮在山林绿色的诗行里。

那清越动听的笛声，让我久久沉浸其中，而穿越丛林去聆听袅袅笛音，也成了我心底暗藏的美丽秘密。日子就这么悠悠地淌过，不曾想到，就在那一年的深秋，遇到了件令人啼笑皆非的事。

海岛的冬天寒风吹彻，因而一到深秋，老师便组织我们去山上捡松塔，以备冬天教室里引火生炉子用。

这天适逢体育课，我们各自拎着个麻袋，要去捡松塔。李老师担心学生在林中迷路，交代两个人为一组，我和同桌小龙结伴朝山上走去。

有松树的地方自然有松塔。松塔如一座座精致的小房子，里面住着松树的孩子。随着秋风渐紧，松塔由金黄变为深褐色，“吧嗒吧嗒”从枝头挣落，回归大地的怀中。我们边四下打望，边弯腰捡拾落在地上的松塔。

正走着，小龙忽停下脚步，惊叫道：“那是什么？”我望过去，一堆乱松枝中半掩着个灰扑扑的麻袋，走近细瞧，袋口捆扎处有斑斑黑红色的血迹，散发出难闻的腐臭味。

我思忖片刻，断然道：“这极有可能是凶案现场。”话落，连自己都被惊住了。我两腿绵软，额上渗出冷汗。小龙也被吓坏了，问：“这可怎么办呢？”

我深吸口气，竭力让自己镇静下来，对小龙说：“你守在这别动，我这就去找李老师。”小龙虽极不情愿，但又想不出别的办法，只好哭丧着脸说：“你快些回来，我怕！”

那天随我和李老师一起返回的还有两名警察。李老师听了我极其恐怖惊悚的讲述后，果断报了警，有胆大的同学禁不住好奇心，也尾随了来。

现场被一条红绳拦起，将围看的人挡在外面。我离得远远的，吓得半捂住眼。有人在窃窃议论着，空气登时凝重起来。

“哈哈哈，原来是头死猪。”有人释然哂笑道。

我放开手看去，结果令人哭笑不得，麻袋被解开，里面果然裹着头猪。警察转身对大伙说：“看情况是猪染上瘟病而亡，被主人抛到了山上。事情搞明白了，大伙都散了吧！”

第二天早晨，我和小龙一进班，屋里就炸开了锅。同学们兀然爆笑起来，有的笑得泪花飞出来，有的揉着肚子歪倒在地上，还有的拍着手冷讥道：“瞧，咱们的‘大侦探’来了。”

我的脸由白转酡红，又变成茄子紫，头垂了又垂，羞恼地想：闹了这么大个笑话，可够他们笑上一年的了。

笑浪一阵阵地涌来，如水花四处迸溅，简直要把房顶冲翻了。待李老师拎着包走进来，迈到讲台上，站定，他们仍大笑不停。我和小龙被挤到墙边，怅惘地愣站着。

许是看我们窘态可怜，李老师挥挥手说：“别闹了，快回位坐好。”待我们坐定后，他笑着说：“今天咱们发糖，谁捡的松塔多，糖就分得多。”

李老师从包里掏出糖来，红红绿绿的水果糖堆在桌上，被唤到名字的孩子上台领糖。糖很快被分完了。领到的同学一脸欣悦，却没有我和小龙的。正讪然间，忽听老师喊到我们。我和小龙犹疑地走上台，竟各领到三颗大白兔奶糖。

在那个吃穿紧缺的年月，奶糖可是稀罕物，平时极少吃到。同学们惊异地张大眼睛，又羡又妒的眼神很不服气，似在问：凭啥给他俩发奶糖。

李老师的目光在人群中扫来扫去，而后，猛地抬高嗓门说：“今天受奖励的这两位同学，在遇事时表现得勇敢、爱思考，沉着冷静，真是好样儿的！”

李老师的话落，无人辩驳。少顷，教室里响起繁乱如雨点般的掌声。我愣住了，就像个将要沉入幽深湖底的人，忽被一双温暖的手轻轻托起。我暗松一口气，眼中浮起一层薄雾，脸上却闪起了笑。

寒冬过后，和暖的春风徐徐吹来，我又漫步在山林中。到处淌动着花朵的清芳，和着松脂的幽香气息，简直令人熏然欲醉。一想到几个月后将要毕业，而后要去岛外念初中，我心里就有些伤感。

耳畔再度响起了笛声，由远及近，低回、幽沉，不及往昔清亮明快。我看见一个熟悉的身影倚松而立，可就在那一瞬间，我忽地感到静夜流水般的笛声里，有着怎样深沉无言的寂寞啊！

从一滴水中见大海

那天我照旧起得很早，匆忙吃过早饭，背起草绿色帆布书包朝外走。别慌，时间还早。母亲追到门口，又不放心地温声叮咛："沿着大路走，离岸边远点儿！""晓得喽。"我头也不回地胡乱应道，话落，人已跑出几米外。

到了海边，我被眼前的景色深深迷住了。半空中腾起一轮火球似的红日，将千万道霞光齐齐射下，宝蓝色的海水被晕染得像洒上层金粉。海面卷起一层一层细浪，连浪花也被霞光染红，波光跳跃，宛若片片莲花瓣，在乳白色晨雾的缭绕下，显得煞是好看。

我被一种巨大的无法言说的神秘幽美吸引着，心不由地颤动了。这晨曦中的大海我虽见过无数次，可每次看到却一如初见。

这时我的小脑袋里总会冒出许多奇怪的问题，比如，太阳是怎么从海的尽头徐徐升起的？尽管我起得还算早，却从没见过它跃出海面的一瞬间。再如，多少亿滴水才能汇成大海？从一滴水中能看到大海的影子，是否每一滴水都有回忆？……那些问号像弯弯的镰刀，收拢着我的好奇。

沿岸边走着走着，只见淡淡的雾霭渐渐散去，海变得澄澈通透，愈发静谧且安详。到了路的尽头，我只得收回留恋的目光——转弯向上再走几百米就是学校了。

然而，大海并不总是柔情的，偶尔它也会变得暴烈不羁。记得有一回放学时，天空骤然暗下，一团团乌云聚拢过来。我沿着岸边的石板路疾步往回走。狂风漫卷而来，掀起千重浪。浪花奔腾着，咆哮着，撞向乌黑坚硬的礁石。一浪接着一浪，一浪高过一浪，翻腾的浪花涌起几尺高，转而又如闪闪碎玉般溅落开来。

彼时我已忘却了母亲的叮嘱，不仅没有被眼前的浪潮吓到，反而走走停停，不时向远处眺望。大海含蓄庄严，自有一种浑厚壮丽之美，浪潮仿佛是它博大而热烈的心跳。

但是，母亲的隐忧也不是没有缘由的。她深谙大海喜怒无定，心中怀有忧惧。那年深冬，果就发生了一件意想不到的大事，这也成了我心中永久的遗憾。

那是一个严冬的早晨，我从长长的酣梦中醒来。坐起，朝窗外望去，只见天地间一片莹白。原来昨夜下起大雪，海岛被落雪覆盖成一片晶莹透亮的雪世界。

“快起来，去海边玩雪了。”我欢快地嚷叫道，将睡在炕另一侧的弟弟摇醒。那年他不满五岁。身为军人的父亲出海不在家，母亲去早市上还没回来，屋里只剩下我俩。听说要去玩雪，弟弟一骨碌从被窝里爬起来。我们穿戴严实，踏着厚厚的积雪来到海边。

雪后的大海，似是被洗过一般明净碧蓝，看得我两眼漫出喜悦，心也变得透亮起来。还是弟弟眼尖，抬手一指：“瞧，水中漂着个火柴盒。”

“咱瞄准它，砸雪团玩，看看谁投得准。”我欣然提议。

我团了雪球抛掷过去，没有砸中，扭身，想滚出个更大的雪球。这时，忽听背后“啊呀”一声锐利的尖叫，待我回过头来，发现弟弟不见了，海面溅起很高的浪花。

下过雪后，岸边湿滑，弟弟一不小心掉进了海里。当我意识到悲剧发生时，心被恐惧填满，惊慌失色，颤声高呼：“救——人——啊！快救人呀！”

码头上有名战士在值勤，闻声朝这边跑过来。他边跑边脱帽、甩鞋，到了跟前，穿着棉衣棉裤，“扑通”跳进海里。

我心里害怕极了，两眼紧盯水面，身体因紧张而不停地颤抖，泪珠扑簌簌地往下掉。几分钟过去，终于，他头冒出水面，脸色冻得青紫，却不见弟弟的影子，我愈加惶恐不安。只见他猛吸几口气，又跃身钻进冰冷的海水里。

又几分钟过去，战士再次钻出水面，一只手臂紧揽着弟弟，一只手臂拼命朝岸边划。激动与不安将我紧紧包裹。待他们终于爬上岸，弟弟昏迷不醒，战士赶紧按压他的胸部。

少顷，弟弟猛吐出几口水，总算醒了过来。战士抱起弟弟，对紧张得心思恍惚的我说："幺妹，你前面带路，先送回家再说。"

我一路狂奔，领着他们朝五六百米外的家中跑去。一进院，我结结巴巴地呼喊："妈妈，弟弟……出事了！"母亲从屋里奔出来，望望冻得颤抖摇晃的战士，又看看浑身透湿的弟弟，很快明白，刚刚发生了令她悚惧的事。

"这个幺儿险得很，快送医院！"战士急迫地催促道。母亲缓过神来，一把抱过弟弟，急慌慌地往卫生所去。

住院，打针，弟弟昏昏沉沉发了三天烧。到了第四天弟弟的烧退去，父亲也赶回来了。母亲向他讲起这件事，猛然想到还不知那位好心的战士现在怎样了，应当找到他，对他说声"谢谢"。

父亲问："战士长什么样子，叫什么名字？"

母亲又悔又急，说："记不太清样子，也没问名字，真是急糊涂了！哦，对了，他鼻子右边有颗黑痣，说话带四川口音。”

“如果那天不是遇上这位战士，如果海水太凉他退缩了……噢哟，那后果可不敢想呢！”母亲嘴里念叨着，不由一惊一震，越发懊悔自恼。

父亲带着母亲和我，到部队上去探问，还真打听到了战士的情况。他叫江海涛，四川眉山人，那天是他值的最后一班岗，次日他便复员回老家了，听说离开时还发着高烧。

我们带着失望和遗憾往回走时，暮色已临。我偶一抬头，见一轮清月升起，映衬着宛如幻境的幽邃大海，心中依稀涌出个念头，觉得他就像是一滴水、一朵浪花，消隐于阔茫的大海中。

母亲惋叹道：“咱欠他一句谢谢！”“军人碰到这事，都会这么做。”父亲故意轻淡地说，“不过，这回算是幸运的。”都怨我没看好弟弟，思及此，我心里满是内疚和自责，甚至有些后怕，不敢去细想。

在此后的几十年间，遇到父亲的战友来家里，或是路上碰见带四川口音的人，母亲常上前追问：“你认识江海涛吗？他鼻侧有颗黑痣。”听者一脸茫然。失落之余，母亲又不甘心地补充：“多好的战士啊！”仿佛被怀念的那人一直不会老。

这么多年过去了，在无数个梦境中，他的名字一如浪花，不时翻涌上我的心头。那温柔敦厚的面孔是如此鲜活、亲切，可当我想走近时，他却转身一闪，消逝在万顷波涛中，只留给我绵绵的怀思与深深的愧悔。

时光笔墨

她斜倚在车的后座上，眼睛微眯，嘴角翘起，若笑未笑。和暖的阳光越过车窗，洒落在花瓣般柔滑光洁的脸庞。她从书包里掏出随身听，轻晃着身子听起歌来——仍是那首《时光笔墨》——边听边跟着低声哼唱：“一念成执着，沧海变荒漠，轮回中，我像飞鸟经过……”歌声清凉如水，荡漾着，溢满车内。

我仔细倾听了一会儿，忍不住摇头轻笑。她刚满十七岁，年少强说愁，又怎会真的懂得沧海翻转，时光凉薄？当然也只是想想，无须道破。车窗外，人声、车声，嘈杂喧腾，一浪接一浪地涌来，但似乎又被这歌声抵消，消融于黄昏里。

她今年读高三，随身听是我送给她的生日礼物，想让她在周末闲余时适当放松。之前她乘公交车往返学校，不用接送。近来逢城市修路，公交车改线后，没了直达校区的车。距高考不足百天，作业如山如海。每周末回来一天，她只埋头做题，恨不得时光滞流，将寸寸光阴拢入指尖。周日下午返校，为了赶时间，我都会打车送她，路上约半小时的车程，成了难得的清享时光。

正想着，车颠了几下，我趔了下身子，朝她伸出手去。她不用侧头看，便明了我的心意，与我的手交握在一起，十指相扣。她知道我晕车厉害，便用力攥紧我的手。那是一种无声的语言：别担心，有我在呢！我们是母女，犹如两棵相依相偎的树，彼此的根根脉脉、枝枝叶叶，都勾连交错，熟悉彼此的气息。

我心头一热，甚而期望在她毕业前这条路不要修好，这样我能多陪陪她。“十年心事十年灯，芭蕉叶上几秋声。”一个又一个十年过去，不觉人已到中年。愈来愈觉得人生有太多的变数，能握住的东西是有限的，当珍惜当下这一份体己的温暖。

她刚考上市重点高中时，我着实高兴了一阵儿。可待到第一次月考成绩出来，一盆冷水浇灭了我心底的喜悦。她有几门功课不及格，在班上排到三十多名。我有些失望。要知道初中时她的学习还算优秀，一度予整日疲于奔碌、陷入生活旋涡的我以宽慰。

她垂手站立，斜着眼悄瞄我的脸，叹道：“这次没考好。”我故作轻松地给她鼓劲：“可能是还不适应，下回努力。”她仰起年轻鲜亮的小脸，眼睛亮亮的一闪，慌慌地点头。

然而一学期下来，她的成绩时上时下，始终徘徊在中等水平。周六晚上，她回到家，吃过饭，洗罢澡，又钻进书房里。我借口递茶水、送水果，留心观察了几回。除了喜欢听着音乐写作业，她不曾贪玩。见我进来，她有时抬头望望，冲我眨眼，或浅淡一笑，目光又很快粘到书页上。

女儿长得清眉秀眼，短发，脸上有几颗小雀斑，显得俏皮而可爱。她身形婷婷，窈窕有致，浑身透着淡淡的清香，如初绽的花朵一般，甜蜜而芬芳。我悄悄打望着她，听见歌曲中在唱：“忘了是怎么开始，也许就是对你，有一种感觉……”成绩总像在荡秋千，难不成是早恋了吗？

这念头刚一蹦出来，立马被我摁回去了。她穿着宽松的棉布格子衫，配洗得泛白的牛仔裤，眸子如初雪般纯澈明透，一幅思无邪的天真模样。这跟那些留心衣着穿扮，喜欢咬着笔头冥想、脸色潮红、心绪摇曳的思春少女，可以说是相去甚远。

在我的鼓动劝说下，她报过几个培训班，三四个月下来，小脸瘦了一圈，成绩仍平淡如一碗温水。我心里暗暗着急，她倒似不知道忧愁，仍活泼泼的，连洗澡都哼着歌。她并非懒懈之人，也不曾神思游离，那么问题到底出在哪儿呢？

一次家长会后，很多家长围住班主任问这问那，我也挤上前，揣着小心说：“我是小豆妈妈……”“哦，你女儿好人缘哦，走哪都是焦点，课堂上也这样，话多得刹不住闸……”轻飘飘的话，如一片片羽毛般落下。我尴尬地回道："得跟她好好谈谈了。"

"在课堂上乱说话，这是咋回事呢？"我一进家门就厉声问道，脸沉郁得如一片雨做的云。她腓红着脸，急切地辩道："我没有，不是那样的，同学经常忘带钢笔、橡皮或尺子，课上管我借，我就递给他们喽。"我心里一软，但仍板着脸说："别岔开话给自己找理由。"她委屈道："妈妈，你不是总说要多帮别人吗？"

这些年间，有时邀上三五好友，几家人一起外出游玩。一路上，女儿很快就跟孩子们玩熟了，一会儿给这个提鞋擦脸，一会儿为那个倒水剥果皮。她细心，乐于助人，是孩子堆里人缘最好的那个。我为此没少夸奖她是个懂事有爱的孩子。

不管怎么说，做人善良一点儿，总没错的。我走上前握住她的手，想要安慰几句，发现那双手软软的，凉凉的。正疑惑间，她笑着说："妈妈，我把毛裤借给下铺的同学了，她穿得单薄，前几天下雨冻感冒了……"我长叹了口气，怒气如潮水般退去。

事隔不久，我聆听了一期家教讲座，授课的是某大学的女教授。上半场，她讲到自己的女儿从初中、高中、大学，到读研读博，成绩一直排在全校前十名。有这般美好热烈的青春打底，她女儿的人生可算是鲜花着锦，我听见台下有人小声说：看看人家的孩子，那么优秀！

课讲到一半，她话锋一转，说可是这一切永远定格在女儿二十八岁那年……原来她女儿在读博士时，有一次外出购书归来，不幸遭遇车祸。女教授说一想到自己的女儿，这二十余年的大好光阴，全用来苦读书，以至无暇享受曼妙的生活，欣赏诗意的人生风景，作为母亲的她感到愧疚，有时就想，如果女儿还在，宁愿她是个平凡的孩子，只要健康快乐就好。

我听得眼里湿润润的，腾起一层蒙蒙的雾气。对于一位母亲来说，女儿早已融入她的生命，而今女儿走了，那是何种断筋断骨般的痛！一出门，满大街都是蹦着的、跳着的、笑着的，年轻的、花朵般鲜艳的姑娘，这无疑让一位母亲心头的伤口，撕开，愈合，再撕开。

这么思来思去，我倒也看开了。只要花儿肯努力，早晚都会绽放的，有的只是开得慢了点，那又何妨呢！

但是，我却有了另一层隐忧，那就是担心起女儿过马路的事。有一段时间，我得了严重的马路恐惧症，好像天底下最让人担忧和挂念的事，就是过马路。我一遍遍地交代她：过马路慢点，左右看着点，要当心一点哦！

说得多了，女儿不满地噘嘴道："妈妈，我都这么大了，你不用担心，以后别送了。"我假装生气："看着你进了校园，我才放心。"她语气软下来，又说："我知道你晕车难受，再说返回时为了省钱，你要走很远才能坐上公交车，到家还得一个多小时，一路上多孤单呀！"她咧嘴笑笑，莹白的牙齿如一粒粒珍珠，好看极了。我心里忽跳了一下，她懂事得让人心疼。

正乱想着，车到了学校门口。我跳下了车，掏钱，付钱，一扭身，不见了女儿。再一抬头，见她已跑到马路对面，跳着脚冲我摆手。

我小心地穿过车流，气喘吁吁地站到她面前，刚想嗔怪几句，话到嘴边却凝住了。她手里举着张贺卡，上面画有一簇花，旁边一行漂亮的楷书：祝妈妈母亲节快乐！在我心里妈妈永远是年轻美丽的，我长大了以后，会带妈妈一起出去旅游，看各种风景，吃各地美食，妈妈永远是我最爱的人！

夕阳的光洒下来，溅到她身上，她眼中，亮晶晶、莹透透的，绚烂而灿美。我喉间涌起一股酸涩，沁沁凉凉，想要极力忍住，却又模糊了视线。

她微笑着将卡片塞给我，转过身，一跳一跳地离去，进了校园。她越走越快，后来干脆跑起来，简直像风一样飞快，身影消失在对面的教学楼里。

我心里明白，无论有多么不甘不舍，都必须试着放手。十余年的寒窗蛰伏，正是为了有一天破茧而出，飞向更辽阔的远方，而我只能目送着她的背影远去。或许有一天，她回过头来会发现，我仍在原地守望。那目光，穿过重重光阴，与她一世相随，且从未远离。

湖山渺渺

石红许

是谁？饱蘸深情的灵感，大手笔一挥，涂抹出绿浪翻滚的诗行。

又是谁？以博大的胸怀，铺开一望无际的柔软地毯，惹得湖水争先恐后抵达岸边，哪怕撞得粉身碎骨，也要一睹铺天盖地的草长莺飞。

沿着鄱阳湖的湖岸线行走，我在富山寻找，寻找儿时遗落在草堆里的期盼，寻找在草堆里打滚过后的奇痒和那份无忧无虑的童趣。梦里，我多少次走进那片江南的草原!

小时候，常常听大人说起春季或冬季去富山打草一事，打草下田做肥料，也可供耕牛越冬。对富山，包括与其对望的兜山，我一直充满着一种神往。老家前湖咀离富山也就十几里水路而已，踏着明朝的马蹄声走到村南边的司马咀就可以望见富山、兜山，或横亘着茫茫水面，或相隔着港汉、草洲、滩涂。

富山，兜山，如布局在鄱阳湖东北岸的两枚棋子，点化了湖光山色的灵动，山上植被丰富，长满了杂木、荆棘、野花……还有兔子、野鸡、獾、黄鼠狼等。

富山原本是一个自然村，住着彭、孙二姓人家，至20世纪50年代初，几近绝户，罪魁祸首就是那个连华佗也无可奈何的“小虫”。

翻开历史的卷帙，《波阳县志》（1989版）就有血吸虫病肆虐富山等村的记载。《可爱的波阳》（江西人民出版社1991年6月版）其中一文《医疗卫生面貌一新》叙述：“波阳属水乡，湖滨草泽地带多，过去人们视为四大绝症的‘泡肚’病，即血吸虫病，流行广、危害大。据1953年湖滨地区的横溪乡富山村老人回忆，50年前，该村约有110户人家，500余人，到20世纪50年代，仅剩下12户，幸存的8个劳动力，也都是个个面黄肌瘦，不能担负正常的生产劳动。”（注：波阳即鄱阳）

年逾六十的彭告银是富山上最后一批出生的孩子，

他还在襁褓中时，还不明白什么是迷茫、苍凉、无奈、肃杀、悲苦、辛酸，就随着迁徙的队伍上岸，在百废待兴的环境中长大，见证了新村的从无到有、从小到大。彭告银告知，小时候，大人们常常望着湖面回忆那阴霾弥漫的一幕，那几年，每年村里都有数十人离奇死去，泡肚、双腿水肿者不计其数。他们不明白发生了什么，不知道究竟是谁得罪了神明，每天都有人虔诚地对着鄱阳湖点香叩拜，祈福祷告，却看不见任何希望。离开，离开被死亡裹挟的富山，成了人们唯一的选择。有的甚至还来不及掩埋亲人的尸骨，就一步一回头挥别了熟悉的家园。

老一辈富山人坚持认为，富山差点遭灭顶之灾，缘由是当年有户人家相中了在乌猪咀葬坟，当一个大坑挖好，突然间冒出血水来，众人惊慌，虽说是马上停止了动作，但乌猪咀的一只眼睛遭毁，富山的风水遭到彻底破坏，以至于富山从此走向衰败，尤其是“泡肚”病像瘟疫一样笼罩着这片湖区，一个个年富力强的人纷纷早逝。“千村薜荔人遗矢，万户萧疏鬼唱歌”，最后不得不离开祖祖辈辈生存的富山而迁徙上岸，也有少数人家选择背井离乡。富山村上岸后易名狮山村，寄望如雄狮醒来。

富山呈乌猪地形，民间有“九乌寻母”传说：富山像一头母猪，弯弯曲曲的湖对岸有司马咀、烟火山、石头咀、泡里山等低矮丘陵，拱围着富山，像九头离散的小猪，日日夜夜守望着富山。

上了年纪的狮子山人，往来于狮子山、富山之间早已上瘾，哪怕是涨水季节，也要摆渡上富山，在欸乃桨声里获得一种精神上的慰藉。离开富山哪怕有七十年了，如今的狮子山人依然忘不了，根在富山，他们日夜守望着富山，劳作的间隙也会不由自主地回头望一望静如处子的富山。有意思的是，他们讲述“九乌寻母”，似乎又像是在讲述他们自己的故事，冥冥中是一种暗合，那种牵绊挥之不去。

阳光温暖地洒照在鄱阳湖上，和煦的春风以杨柳的婀娜掠过江南水乡，富山村绝地重生。通过封洲禁牧、查螺灭螺，草洲得以净化，“落霞与孤鹜齐飞”，富山的浪花里也飞出了欢乐的歌。经过七十来年的发展变迁，已经达到八十多户人家，基本接近20世纪初的规模，这还没剔除其间计划生育因素，人口增长速度仍然超越了历史最好时期。

富山，这是鄱阳湖留给我最后的惊喜。穿行在富山丛林间，假如没有当地人陪同，已很难看出昔日烟火的痕迹，哪怕是墙基、田园的痕迹也被鄱阳湖的风浪吹散殆尽。

一阵湖风，把我吹进了元朝末年那场在鄱阳湖演绎的恢宏场景。战云密布，一场大战在即，只看见，湖面上，船舰穿梭，旗幡猎猎，朱元璋、陈友谅双方都在排兵布阵，吴、汉两军对垒之际，我这小小的千总高高地坐在汉军前锋阵营战船船头，望着远处矮小的吴军船只，轻蔑一笑，只要上峰发号施令，我会立马把来敌杀个片甲不留。那天夜里，满天星斗，微风习习，蓦然间湖风吹来了一股烧焦的味道，而且越来越浓，东北风也越来越急，紧接着火光冲天，湖水被映得通红通红，哭喊声、冲杀声由远至近响成一片，非常不幸，“火烧赤壁”千余年后再次上演，是汉军相连的战船遭对手暗算失火，仓皇应战中，我被乱箭击中，跌落水里，顺水漂流，被附近渔民救下。醒来一问，原来是鄱阳地界富山，还有许多和我一样被打散的汉军残兵，有的落户，有的伤愈后远走高飞。我成了富山子民，后来朱元璋得天下，传旨到鄱阳湖畔搜寻当年逃逸的汉军残余。我被人举报指认出来，集中押往饶州瓦屑坝移民他乡，我跳船逃走，又是一阵乱箭射向湖中，泛起浑浊的血水，我昏死过去……陪同的狮子山老人拉开嗓子唱起了渔歌号子“鄱阳湖上好风光嘞……”，把我的思绪拉回现实，原来是绵绵浮想呈现出的一幕幕情景。

富山叩响着明初的回音。狮子山人的家谱上就有关于鄱阳湖大战的一段记载，语焉不详，甚至不能自圆其说，但当地人指着周边的村落、地名，能够一个一个说出有眉有眼的故事来：集会洲是朱元璋部队胜利后开庆功会的地方，司马咀是汤和养马的处所，富山因埋有汉军的金银财宝而得名……叫人不得不信富山水域六百年前驻扎了兵马，经历了多次大大小小的激战。

再看富山、兜山，乃来自皖赣边界的潼津河入鄱阳湖口右岸，如一把锁挟持往来船只，地形险要，乃兵家必争之地。至今在方圆八百里鄱阳湖上，倘若说起富山，人们个个竖起大拇指，习武成风，富山岛民驰骋湖上所向披靡，无人敢敌。

狮子山人说，富山上很早就有人家，究竟早到哪个朝代，就不得而知，都是一代一代传下来的，传说一来就是两姓，来来往往，先后经历了杨、马和白、王，而今是彭、孙两姓。

应该有很多年，我从来没有真正走进富山，虽说走亲访友曾几次路过狮子山，但也只是远远地隔岸张望富山的山明水秀。潜意识里，我有信心，迟早有一天会走进富山的。不是吗？后来，我只用一个秋日和一个春日就走过了它的前世今生。真的是惊呆了，富山的那种宁静与美好，叫我舍不得动笔去写它。

在岁月的洗礼下，富山已然草木葳蕤，富有生机，斑飞兔跳，那口老井在日夜倾诉着鄱阳湖上的炊烟袅袅、渔舟唱晚，讲述着民国时期富山人富可敌“湖”拥有十二艘盐船的辉煌，侧耳倾听，用的却是《滕王阁序》的韵律。

秋冬季节，草洲环绕着富山，天鹅、白鹤、大雁漫天飞舞。春夏季，富山草洲乃水中泽国，成了鱼虾的乐园。富山，滨湖人的聚宝盆，人们养殖、打鱼、割草。尤其是在秋天，蹚着没膝深的草，绿色在洲上恣意涂抹，多么奢侈的辽阔！我向深处走去，把越来越渺小的身影交给富山。在空旷的富山，我更能看清自己，感受到自己内心柔软的部分。我顺手薅了一把草，就像是小时候在菜园摘了一把菜，这把草能喂养我的乡愁吗？

伫立于富山高处，我看到老家那边密密匝匝的房屋，红墙、琉璃瓦最为醒目，粉墙黛瓦次之，被阳光抹上了一层温暖的色泽，乡村也有熠熠生辉时。

富山，原谅我的一厢情愿，我愿意做你身旁的一尾鱼，守着一份宁静，还有本真的荒芜；或者，做湖里的一滴水珠，清晨化作露珠看日出，傍晚伴随夕阳落回湖里。

富山远离喧嚣，远离村庄，一片原汁原味的湿地风光。当一个人在富山行走时，风声、水声，偶尔树影婆娑，惊飞起一只野鸟，一阵响声过后更加沉寂，本能地总感到有一丝害怕，顺手拾起一根树枝，像是拾起一丝勇猛。其实，更可怕的是岸上的人们，怕的是他们的贪婪无比、赶尽杀绝，他们焚林而田、竭泽而渔，他们无师自通学会了损害环境、破坏生态。我想，在无序开发的指挥棒下，当富山响起野蛮的机器声之时，也许是灾难又一次降临的前奏，那些潜伏的危害在无情地考量着人类闪避风险的能力。

在没有人烟的富山，面朝更深远、更浩渺的鄱阳湖，我常常不知分寸地想起“殷鉴不远”这个词。走过富山多处被挖得千疮百孔的无名冢，暂且不去理会盗墓者是不是冲着那个元末藏宝的传说去的，我们不应该保持足够的警醒吗？百年前，多少生命被一只当年看不见的“小虫”悄无声息吞噬掉！

望着这一片美得让人窒息的草洲，闻听老家人不去富山打草已经有好些年了，我的心微微一颤。各类化肥大行其道，助长了人们的移情别恋。人们在心里诅咒化肥，还有农药，还有名目繁多的除草剂。人无远虑，必有近忧。当下的有其田“耕者”，为未来子子孙孙考虑过吗？富山的静美，不正是人类经历了一次磨难才换来的吗？行走江湖，从来都是丛林法则。

寂静的富山草原，裹挟着月白风清，还原了大地的一片真实。

最浪漫的事

宁红瑛

萍来宣威出差，我陪她一起去探望父母，有日子没见姨爹姨妈，像多年没吃到姨妈煮的小锅米线，从心口到味蕾，平添不少惦念。

萍是我从初中到高中的同学。我一直称呼她的妈妈为姨妈，是因为姨妈这个称呼离妈妈近，离温暖近。有些情分情意就像当年姨妈给我煮的那碗小锅米线，始终珍藏在记忆深处。

哪怕后来春城过桥的米线，蒙自鸡汤里放菊花的米线，都会被姨妈的清汤米线比下去。那些艰难岁月中的恩赐，穿肠也过心。

我和萍到家门口的时候，姨妈正用弱小的身躯艰难地把轮椅里的姨爹推进门槛，搀扶到沙发上，再用几个靠垫塞在姨爹腰部周围，姨妈半抱着姨爹想让他坐得更舒服一些，他们脸颊对着脸颊，目光挨着目光，柔软若流水，像年轻时一样。

“我每天都推着他出去走走。”姨妈一边惊喜地和我们招呼着，一边梳理着姨爹额前的头发，像一个母亲在外人面前爱惜自己孩子的形象一样。

几年不见，姨妈满头银丝，脸上透着这个年龄的豁达与乐观，姨妈老了。姨妈不老，还能把体重七十多公斤的姨爹推出推进、抱上抱下。

姨妈是把自己一生嫁给生活的人。她和姨爹共同养育了五个儿女，儿多母苦。农转非之后除了超龄的大哥留在老家，其余四个孩子随姨妈进城，四个孩子要吃饭要上学，单靠姨爹那点微薄的工资难以支撑家用。勤劳的姨妈一边操持家务，照顾老人、孩子，一边在街边支起小锅米线的摊子，起早贪黑，脚不沾地。姨妈手艺好，生意自然好，小摊从几个人的口口相传到一条街、几条街的认同，再到我为一座城市的食物地标。

姨爹下班就过来帮忙，天道酬勤，老天总会给那些愿意自助的人以帮助，日子就在姨爹姨妈齐心齐力的打理中慢慢过起来、好起来。姨妈从米线西施到米线西施的妈妈，岁月见证着姨妈一家子的手艺传承。

姐姐接力了姨妈的手艺，成了这座小城又一标志性的食物地标。淘气费事的小妹也打拼出了自己的一片天地，孩子们在一天天长大，渐渐也都有了自己的工作和家庭。眼看操劳一辈子的姨爹姨妈儿孙绕膝，终于可以安享晚年的时候，人生不如意事常八九。

姨爹脑手术之后，大脑硬盘上所有的美好和不易都从记忆中剪辑了，整天目光平静地看着远方，似乎周围的一切都与他无关。他偶尔会记起一些曾经熟悉的人和事，比如我今天的突然到来，比如我站在他面前，当姨爹含混而艰难地叫出我的名字，姨妈和萍都很意外，姨妈说很多时候姨爹连她都记不住，对着她叫萍的名字，或其他什么人的名字。

“红瑛”两个字让我泪目，几乎不再说话的姨爹从牙缝里挤出这两个字要很长的时间。我的心在温暖地疼，姨爹的记忆留在时间深处的某个节点，他在那儿等我，等我们。那儿是平静的湖面，月光的清辉洒满人间。那儿有我们的青春，青春里的笛声，姨爹小提琴协奏的声音……

那时我一直遗憾，没有萍的艺术天赋，现在我和萍一直遗憾，没有传承姨爹的小提琴技艺，倒是我们都看会了姨妈煮小锅米线的手艺。

高中三年，我三分之一的周末是在姨妈家度过的。我吃着姨妈煮的小锅米线，听着姨爹的琴音，穿着萍姐姐织的毛衣。毛衣和萍的一样大小，小锅米线里放一样的汤料。我和萍一起做功课，一起背英语单词，捂着同一条被子把理想讲得闪闪发光。萍和他们一家，曾给予我这个乡下孩子一个城里的家。那时我还不知道“闺蜜”这个词，已在萍的闺房里度过很多青春时光。

那个知寒知暖、智慧豁达、像太阳一样照着我们的姨爹，他累了，他需要休息。天长地久的夫妇情，牵肠挂肚的舐犊心，他都一一放下，他一个人静静地休息在自己的时间和空间里。我讨厌那个叫“脑血栓”的家伙，它不但蚕食了姨爹健壮的身体，还偷走了一个艺术家的灵魂，上帝也会嫉妒，他嫉妒那些比他有才气的人。

看着一大摞的尿片和屎布，上面是姨妈或粗糙或细密的针针线线，我建议姨妈用纸尿片少些辛劳，姨妈担心姨爹不习惯或不舒适，每天尿了脏了都一一浆洗。我无法想象姨妈是怎样用她五十公斤的体重把七十公斤的姨爹移至卫生间，用布条把姨爹固定在卫生间的凳子上给他洗澡的。要完成超出体力的这一系列动作，姨妈得训练多少个时日才能不摔跤不滑倒，才能和意识模糊的姨爹达成和谐!

多少个日日夜夜，为让冷暖疼痛都无从感知的姨爹睡得安稳踏实，姨妈用她的双手把春夏秋冬抹洗得干干净净。我和萍说得找个护工来帮衬，不是怕姨妈辛苦，是怕这么大年岁的两个老人有个闪失。萍说四年前找过，姨爹因为病痛，因为手术疼痛，因为无法承受的突然，暴躁地赶走了一个护工，后来再换一个，人家不愿意，姨爹也不适应。姨妈一再和我说，你姨爹是多么骄傲的一个人啊，要不是这病，唉……

姨妈舍不得别人嫌弃的目光落在姨爹身上，包括他自己的儿女。在姨妈看来，比安全更重要的是尊严，哪怕姨爹从肌体到意识都体会不到，姨妈也要护着。

姨妈就这样拽起一把把细碎的日子，承担承受着。或许，姨妈是幸福的。“我以一个女人的重量轻轻将你抱起，我除了尊你为兄，我还揽你入怀，我似乎一直在等这一刻的到来，在你需要我的时候。”这是我在一首爱情诗歌里读到的句子。

彩来电话，说好久没和萍相见，约我们一起去姨妈家旁边的简餐厅坐坐。临走，我深知萍的牵挂和不舍，萍说久病床前无孝子啊，遗憾自己做得太少，父母给予的太多。也是工作忙，也是离家远，其实什么都不是，是姨妈一直把一家人的责任扛在自己肩上。一辈子，姨妈都在体谅儿女，顾着丈夫。

“我能想到最浪漫的事就是和你一起慢慢变老，一路上收藏点点滴滴的欢笑，留到以后坐着摇椅慢慢聊。我能想到最浪漫的事就是和你一起慢慢变老，直到老得哪儿也去不了，你还依然把我当成手心里的宝……”至极的天籁在简餐厅静静流淌。音乐是在用时间流逝的方式告诉我们什么是浪漫，而姨妈是在用岁月递增的旋律诠释着什么是爱情。

夕阳带着温暖和从容，把最后一缕光洒向人间，姨妈的话一直在我耳旁：“刮南风的时候我推着他往北走，刮北风的时候我推着他往南走。”七十多岁的姨妈推着七十多岁的姨爹迎着南风、背着北风，迎着北风，背着南风，穿梭在这座城市每一个温暖的角落。他们静静地走着，轻轻地说着这人世间最浪漫的情话。

峡谷，风经过的地方

宋方童

一　大瓦山

英国人欧内斯特·威尔逊带着他的向导和几条猎狗出现在丛林里的时候，是 1903 年的 7 月。这个节，大瓦山的雾气被阳光蒸发后，形成了大片大片的露水，它们停留在肆意丛生的矮小的杜鹃灌木林上，在空寂的世界里发出滴滴答答的声音。杜鹃林下，腐烂的银杉树干上，长满了一层层的苔藓，似乎要把整座丛林都覆盖到脚底下。威尔逊的眼睛像被雨水淋湿了一样，显得雾气蒙蒙，他极力透过被树木遮挡的阳光，打量眼前从未见过的各种颜色各种姿态的杜鹃，此刻，它们像一张张少女的脸，让丛林变得柔和有趣起来。

在地图上，大瓦山连一个像样的点或者一根像样的线条也没有，平均3236米的海拔在蓝天的遮蔽下，早已被青藏高原和四川盆地深深地隐藏。在1903年这个露水深重的季节，威尔逊的闯入如同丛林里飞过了一只迷途的鸟。对于丛林来说，它的出现稀松平常，细微得犹如一粒尘埃。但对于这只鸟来说，激起的内心震撼却绝非语言所能形容。威尔逊在对成千上万种植物迷津般的追寻中，已经迅速嬗变成一名探险家。在经历了蚂蟥与各种昆虫和爬行动物的困扰之后，这名年轻的英国人看到了藏在深山腹地里的人间天堂。

20世纪初叶的中国探险潮流，并没有在清朝末期的封闭制度下合上大门，在死寂没落的国度里，穿梭着西方人奇装异服的身影。他们的相机，这个西方新兴文明产生的奇异装备，为我们封建王朝的最后背影留下了难得的回忆面容。在威尔逊的黑白影像里，大瓦山和今天呈现在彩色相机里的形态并无二致，山体的轮廓和植被的丰满，峡谷的深邃与溪流的迂回，都能在今天的大瓦山寻找到佐证的对象。这个世界里，没有时间的概念，它处在一种与外界隔绝的恒温中，连四季都显得那么不突出，雨水成为白天和夜晚的行者，在树林中寻找自己的栖息地。与这个世界平行的，只有天空，在夜晚之后，它的明亮会重新眷顾这被人遗忘的大地。

英国人的中国西部之行其实怀揣着另一个野心——寻找一种绝大部分分布在喜马拉雅以及我国西南部的叫绿绒蒿的植物。这种与罂粟同归于罂粟科的植物，不像其属性名字那样暗藏杀机，它外表柔弱，在高山、草甸等苦寒地带忘我地繁衍生殖。它的果实上长满了细细的绒毛。在大瓦山，威尔逊暂时忘记了那种看上去孱弱但却坚韧无比，拥有蓝、青蓝、淡黄或者红等颜色的罂粟科植物。在瓦山的丛林世界里，杜鹃被雨水浸润后饱满的花朵深深刺激了这个年轻植物学家的眼睛，他只有透过远山的薄雾，以及层叠的冷杉林，才能参照出这并不是一个幻境。

在此后的《瓦山与瓦山的植物》里，威尔逊几乎调动了全身的文学细胞，还原大瓦山的记忆。然而，他最生动的描述还是来自那些朴素的文字记录，植物的分布、瓦山顶的形状、空地上生长着的秋牡丹和樱草，以及那些铺天盖地的杜鹃，远远比他夸张地形容瓦山是“世间最具魔力的天然公园”更为令人信服。威尔逊的收获是采集了十六个杜鹃树种，以及一些稀少的植物类群。

下山的途中，探险者真正的险情才开始降临。来时的山路像一把形状怪异、棱角分明的旋梯，它们隐藏在各种植物的缝隙里，或者干脆露出灰白的骨头，到处是尖锐的锋芒。而山路之下，则是万丈深渊，被浓重的雾气所笼罩。猎狗开始发出恐怖的声音，并不停地向后躲闪。这声音让探险者感到不安，预感到一股不祥之气迎面扑来。

在狗被蒙上眼睛之后，它才和它的主人开始真正安静下来。在他们孤独渺小的身后，是巨大的群山，此刻，它异常宁静，它没有想到，眼前这个肤色洁白的年轻人，会在 1908 年的夏天再一次对它进行探访。

绿绒蒿的发现之地距离瓦山并不遥远，在康定的一座高山上，英国人威尔逊见到了梦中的绿绒蒿。它黄色的花瓣在风中轻轻摆动，犹如美丽的少女扬起的裙裾，简直和梦中的一样。

二 峭壁

在大峡谷的峭壁上，那种蓝色的成片的小花朵一度让敏感的我误以为就是绿绒蒿。在我真正抵达峡谷腹心的时候，我看到了它的身体，相互缠绕，藤状的躯干击碎了我有关绿绒蒿的猜测。

在这个全部由古生代火山喷发形成的玄武岩和白云岩组成的世界里，石头既是骨骼又是身体。它仿佛被什么利器中伤过，向你裸露出它的全部不幸。在植被丰满的四川盆地，金口大峡谷呈现出一种另类的姿态，它衣不裹体，即使长着植物，也是那种独立的树种，它们并不完全交融在一起，形成山体的天然屏障。对于峭壁，岩石就是屏障，谁都无法剥夺它的任何权利，除了风和时间。它们几乎挡住了外面的阳光，只剩下这里的天空，让身处其间的人感到时光的不可捉摸。

玄武岩和白云岩是时间的遗留物，和生长于遥远世界里的桫椤并不一样，它们表情凝重，让人心生畏惧。这样的面容与表情与它们的出生有关，在人类无法想象，甚至无法通过科技还原于影像的地球裂变中，它们经历了火与燃烧。在这样的石头面前，人的心灵不堪一击，峡谷的峭壁向我们述说了一个存在的基本事实，那就是世界的永恒只有在内心才可以假定，我们无从改变天意。

在不曾真正目睹大峡谷之前，《中国国家地理》杂志所刊登的巨大篇幅的大峡谷让我联想到人类在21世纪给它加冕的“中国最美丽的十大峡谷”。这种浮于表面的美丽在插图上表现的仅仅是虚无的区别于一般的形体之美而已，在汽车带我穿越这段并不算太长的隘谷的时候，我内心充满了压抑，那种在重力之下丧失了步履的轻飘。我无从理解内心的这种变化，而所能感知的便是，自然是世界与万物的母体，任何的轻蔑和藐视，将会招致一记响亮的耳光。

大渡河在峡谷中急浪滔天，抵达这段流域的时候是9月末的某个下午。在金口河通往乌斯河的公路上，大渡河和道路夹在峡谷中，这时候，连天空都为峡谷所主宰。河水在宽阔的河床里肆意涌动，发出这个峡谷里唯一也是最大的声音。河水也只有在这样的河床里才能拥有如洪钟一般的声音，它与峡谷的巨石所匹配，成为这个世界的勇者。

公路此刻成为峡谷的观景台，它消解了人类期望借助它收取门票的野心。在这条赤裸的路上，峡谷的岩石既在向人类昭示着它绝缘的一面，也暗藏着它的温情。

文字工作者们向我们描述了一个叫作白熊沟的地方，却并未道出它的险境。我们在阳光中迎来的那个下午，当汽车的灰尘从道路上消失之后，白熊沟出现了。它就在公路的一边，当阳光从山的一角倾泻下来的时候，金子一样的光芒将白云岩的山体笼罩得像佛经里的极乐世界。人们忙着照相取景，那些山的形状，以及身处隘谷使自己心中升起的巨大的欢乐，让我们忘乎所以。

一块石头跌落在附近的一个石谷里，发出叮当的一声闷响。我只能形容这个声音，在清脆中含着一股沉闷，在只剩下我们的声音里，连风经过都是无声无息地。这块跌落的石头不明方向，但是却像一把没有刀刃的利剑，穿过我们的身体时，产生了一种恐怖的疼痛。一块石头跌落后，紧接着，就是第二块、第三块，它们从我们头顶迅疾地跌落下来，在石谷里激荡起响亮的声音后，和大地融为一体。其中的一块石头，从我们很多人眼前滑过，也从一名正在摄影的本地向导的面前滑过，它的体积，有一个小南瓜那么大。

我们开始逃难般地纷纷躲闪那些骤然降落的石头，此时，出口近在咫尺，却感觉远在天边。

重新回到金乌公路上，午后的阳光已经把9月的大地炙烤得滚烫，到汉源的汽车绝尘而过，把沙砾重重地打在我们每一个人脸上。威尔逊经历过的大瓦山从白熊沟翻越，亦可抵达。站在白熊沟脚底下，失望和午后的天气消磨着我的信心。当翻越过高大的，矗立到天际的白熊沟山顶，我甚至听不到一点来自大瓦山清脆的鸟鸣，丛林中露水的湿润或许正在午后渐渐蒸腾消失。

三　永和

时常在梦境与黑暗中穿越一座座大山，以及一个个深不可测的洞口。在我的二十岁，火车成为我走向远方的唯一交通工具。在黑暗中穿越的大山，在我返回时，终于得见真相。秋天的茅草，飘扬在寂静的山崖上，干涸的黄土中，生长着我所喜欢的一种植物——土豆。

这样的场景在我深入峡谷腹地那个叫永和的小镇时得到了重现。

在中国地图上，永和镇这样的名字不断重复，不胜枚举，但是每一个地方，却有着绝不重复的属性和气息。一年前，我收到一斤来自永和的花椒，馈赠者是金口河电视台的彝族女孩邹燕。作为友谊的见证者，这包永和花椒一直保持着不灭的味道。它被盛在一个密不透风的玻璃瓶里，一年后，当我亲手打开瓶盖时，一股扑面的呛人的味道跟我收到它时惊人一致，散发出永和大地的气息。

从远方打量，峡谷无路可走，哪怕是现代攀岩运动也会遭遇抵制。事实是，峡谷充满了人烟味，当我深入它的体内，尤其是在永和这个地方，我体会到了乡村的温暖，被秋天扬起的手掌轻轻贴了上来。在一条可通汽车的水泥路边，我发现好几株花椒树，可能已经被采摘过，枝条上残留着不多的几株青绿色的藤椒。永和的产椒量并不喜人，每年只有五百斤，这个产量在我看来，体现的则是其中的含金量。在茫茫的大山里，只有它们散发出不一样的味道，与人类最为接近的烟火之味，带着古生代大地的远古鼻息。

在半山上，成昆线的铁轨在我视野里逐渐变小，一列开往云南的火车呼啸而过。火车的经历，与大地息息相关，这个庞大沉重的家伙，必须将整个身体交付给大地，才能奔跑和喊叫。而大地，由平原和高山组成，火车的穿越，注定了人类要为自己的远行付出高昂的代价。

我不止一次从对岸遥望那些远行的火车，在我童年的故乡，对岸的火车实际上是拉煤的小型煤车，除了没有顶棚，它们长长的身体和喘息的姿态和火车一样。这些黑色的家伙，穿过铅灰色天空下的大地，然后消失在半山，隐入我所不知道的山洞中。

永和镇已经开始变得更像某个城市的边缘乡村，不显得繁华，但也不落寞。秋天的道路上，到处都是翻修新房的乡民，被农用车从山下拉上山的红砖，在道路上散落一地，粗壮的房梁裸露着刚刚砍伐时新鲜的表皮，它们已经被支撑起来，成为永和人崭新家园的脊梁。火车到来以后，永和的世界发生了改变，它的时钟不再那么缓慢缺乏现代社会的秩序。人们从山上搬迁到山腰上，在火车通行的上方，亲身体验呼啸而过的生活。

永和已经成为一个旅游景点，作为成昆线上一段浸润血迹最多的地方，它成了人类祭奠那段历史的凭证。在山中一块平整的空地上，人们修建了中国铁道兵博物馆，在这个山风往来之地，博物馆看上去更像是一块巨大的石头，它安详地静立在此，只有来人穿透它的内心，才会觉察到隐秘的疼痛。

在永和，穿梭着如我这样的旅行或者采风者。被峡谷遮挡的天空，令我们失去方向感，此时，只能凭借阳光的方向，寻找时间的指针。永和的真正道路，不是来自水泥的混合物，而是高山峭壁间，隐藏在草丛中的羊肠小道。直到今天，哪怕有火车开了进来，依然有乡民居住于陡峭的高山上，它们犹如群山的吊脚楼，居于岩石，这种世界上最坚硬的物体上，终年享受峡谷山风的吹拂。在金口河境内，只要行走于宽阔的公路，大山就会向你呈现这样的奇迹，再险峻的岩壁上，总有人类的烟火，你以为视线难以企及的地方，就是生命的盲点。人类的可敬之处正是基于如苇草一样的生命史，很多时候，我们并不真正了解自己，只有身处逆境，才能证实某种力量的真实存在。

即便花再大的力气，试图再现与还原历史，历史也不会撕开自己血淋淋的伤口给无关者看。所以，在永和镇的这座高山上，风光和喧哗的人类活动已经将某段历史隐去了，火车在铁轨上从这个起点到达那个终点，再由新的起点回来，它的道路，仿佛与生俱来。而人类，火车与铁轨的制造者，并不仅仅满足脚下的道路。新的路径正在展开，它们与坚硬的岩石无关。

那盏温暖的灯

杨卓成

老家的冬日很有趣，隆冬刚至，村民们便开始忙着杀年猪，硕大的肥猪被五六个汉子绑了，一起发力，吆喝着抬到临时挖好的地灶前，将猪放平了，用清水洗尽了猪的脖颈。肥猪大概知道自己的大限已到，拼命地嘶叫起来，猪的号叫声，村民的欢笑声，立刻汇集成了巨大的声浪，整个村庄都要被掀翻了。

父亲对这声音似乎是有些厌恶，他关紧了门窗，可声音还是固执地从门缝里挤了进来，号叫声一阵接着一阵，搅得人心里直发痒。我嚷嚷着要出去看热闹。父亲瞪了我一眼说，杀个年猪，有什么好看的，好好写作业，将来有了出息，一年杀它两头猪，把你腻得头发棵里都冒油。

父亲给了我一颗水果糖，那是他替乡亲们写春联时得的。过年贴春联，村里人都是自己写，省钱，又方便。找几个能写毛笔字的，在祠堂里摆开桌子，半天的工夫，也就写够了。父亲不但毛笔字写得好，还会出对联，在祠堂里一站，周围总是一大圈人。他一边往手上哈热气，一边书写，待乡亲们全部拿到春联时，他的手早已冻得红肿。乡亲们心疼他，有敬烟的，父亲不抽烟，谢绝了；也有送上水果糖的，父亲笑笑，又不是小孩子，还吃什么糖，摆摆手就要走，乡邻们过意不去，紧追着送，父亲只好从糖堆里拈出两颗，算是领了心意。父亲给我的糖，就是前几天乡亲们的心意。

吃完了糖，我的心绪却无法平静下来，一道简单的算术题，我竟然算了三四遍都没算对，外面的笑声、吵闹声实在太有诱惑力了，我的心早已飞到了门外。父亲见实在关不住我，叹了口气，只得应允了。临出门前，父亲反复叮嘱，早去早回，无论人家怎么请，别在外面吃饭。

我答应了父亲，一溜烟便没了踪影。此时的村里已经很热闹，杀猪的人家很多，我这里走走，那里看看，遇到人家忙时，也顺便帮把手，给递下水瓢，往灶里添些柴草。这些都是举手之劳，人家却记着，待杀完猪，一切收拾妥当后，主人会邀请去吃饭。我没去，想着临出门时父亲的叮嘱，我使劲把口水往肚里咽，谢绝了人家的好意。不是我拒绝肉的美味，而是担心会让父亲难过。

我慢慢往家里走，眼睛却在不停地往后面瞟，我总觉得有个人不停地在向我招手，这下我看得很真切，果然是有人一直在向我招手。在上午杀猪的时候，他已对我说过，事情忙过，就到家里去吃饭，帮忙的人多，就不分别再请了。他说得很真诚，说是与我父亲是朋友，平时请不动父亲，借这个机会，一定让我去家里坐坐。临近收摊时，他让儿子等我，恰好他儿子与我是同学，话也谈得投机，不知不觉，脚下便有些不听使唤，跟着他去了。

那顿杀猪饭吃出些什么滋味，我已没了印象。整个饭局中，我一直忐忑不安，刚一坐上饭桌，我就后悔了。我希望父亲来找我，我会借机起身，立马跟他回去。我想不到杀猪饭会有这么多名堂，平时的人情，要说的事，都一起凑到了饭桌上。父亲没来叫我，我不好临时退席，挨到吃完饭，我已像是丢了魂，逃跑似的回了家。我径直进了睡觉的房间，我怕与父亲对视，见到那双抑郁的眼睛，每当我做了错事的时候，父亲就会长久地沉默，不说话，眼中的那神情，却让人害怕。

父亲见到我，还没开口，我就抢先向父亲解释。人家盛情邀请，说是你的朋友，不像虚情假意，儿子又是我同学，我也帮他们烧水了，忙了好一阵，不在他家吃顿饭，怎么也说不过去。父亲静静地听着，一直没开腔，等我说完，他才告诉我，杀猪这种忙，不是可以随便帮的，你去帮了人家，也得有能力让别人来帮你，这样一来二往，扯平了，大家心里都不觉得亏欠。可我家没养猪，根本就喂养不起，找猪草，备饲料，对于人手不足的家庭来说，谁来做？明摆着的事，还要硬撑着去帮忙，这不是要亏欠下人家的情吗？做人做事，不能忘了骨气和根本。

父亲是个很爱面子的人。他做事，总讲究礼数，希望合规矩，宁肯自己吃亏受累，也不会让乡亲们为难，凡事总是想在前，想得周到，让人家打心眼儿里佩服。从乡邻的眼神中，我感觉得到父亲在村里的分量。父亲那晚的话说得不多，也没发火，但我还是觉察到了父亲心头的不安。这种情绪感染了我，让我久久无法入睡。我听到父亲在不停地翻身，床板也在吱吱嘎嘎地乱响。我知道父亲也没睡好，心里有愧，更没了睡意，眼睁睁地看着窗外的月色，一点点地移动去。直到天快亮时，我才蒙蒙眬眬地睡了，还没睡安稳，又听得门响，父亲已经出门了。

清晨，我还没出门，父亲已经回来。平时的这个时候，父亲都是在地里干活的。我觉得奇怪，不明白父亲怎么也早早归家了。他瞥了我一眼，没做任何解释，只抖了抖手上的一小条猪肉说："放学后，把你的那同学约了，到家来吃饭。"

我说这个容易，他们家住东头，我们也住东头，相隔也就一袋烟的工夫，我说一声，放学我们一齐就来了。父亲瞪了我一眼，说请人吃饭要真诚，得找个理由，话要说得委婉，不然人家不一定会来。

父亲最后说了些什么话，我没听清，直到我走出老远了，父亲还在追着说。我估计一定是在强调，要把同学请来，也来尝尝他的厨艺。我在心里暗自发笑，请人做活或是帮忙，我心里没底，请人来吃饭，还不是嘴皮一耷拉的事？那个同学家杀猪，我刚去帮过忙，在他家吃过饭，我请他，他没有理由不来啊。父亲做事，真是越来越守旧胆小了。

我记着父亲的话，找了个请人吃饭的理由，单独给同学讲了，他没答应。我连忙扯了个谎，说我过生日。同学又说满了十岁，直到过花甲，这其间都不能过生日，不然会折寿。我又讲了许多理由，同学都没应允。逼得急了，同学才说，除非你家杀猪，不然不好去的。我说你就当我家杀猪吧，这话把同学镇住了，他不好再推辞。我们约定，他先回家给家长说一声，然后就到我家会合。

我到家的时候，父亲正在门口的火炉上烧水，为了缩短做菜的时间，他多生了个火炉，把一些蒸煮的菜肴全放到火炉上完成。见我回来，父亲愣了一下，目光就一直停留在我脸上。我说同学先回去，给大人说声，随后就来。父亲没多问，默默地蹲在炉子前剥葱，我也过去帮忙，剥完葱，我们又开始刮姜，父亲一边刮，一边抬头看天。眼见太阳渐渐西沉，父亲叹了口气，自言自语地说："怕是不会来了。"我说不会，分手的时候已约定，回去招呼一声就来。

父亲没搭腔，依旧做着他的菜，当太阳快要落山时，满桌的菜肴都准备妥当了。父亲倒了杯茶水，慢慢喝了起来。见同学一直没来，这下轮到我着急了，我来来回回屋里屋外地走着，眼巴巴盼着同学出现。父亲见我那模样，抬头看着我说，你安静一会儿，别老是这么晃，头都被你晃晕了。我说怕晃就不要叫我请客，客我请了，脚是长在人家身上的，客人不来，我还能去把人家绑了来?

父亲叹了口气，把凉了的菜又重新热好，端端正正地摆在桌子上，清了清嗓子说："客人不来，我们自己吃吧，这顿客，我本不该让你去请。"父亲的嗓门有些沙哑，听起来，如同一件破瓷器刮出的声音。

我不敢再出声，紧随着父亲来到饭桌边。父亲做事，从来都是深思熟虑，想好了才会行动，他让我请同学，自然有他的道理。我吃了人家的杀猪饭，自己家却又杀不起猪，只能到街上割上半斤，及早地把人情还了。父亲怕欠别人家的情，人情在他身上，如同大山，会压得他喘不过气来。早上就跟同学说好的，他会来我家吃饭的，这么一爽约，父亲又该压抑很长时间了。

我瞟眼看了下父亲，他的脸色并不难看，甚至还挂着一丝淡淡的笑意，我悬着的心放下了，饭菜的香味，猛烈地刺激着我的味蕾，让我的唾液变得十分旺盛，刚才的不快早已跑得无影无踪。父亲往我碗中夹了两块肉，催着我快吃，说是油浑大，要趁热吃，那样才补人。那顿饭很丰盛，有小炒、酥肉、黑皮子，都是父亲用那一小条猪肉做成的，我吃得有些忘乎所以了。黑皮子是父亲的拿手菜，工序复杂，用料又考究，家里没条件，父亲很少做。早先见父亲做过几次，都是逢年过节，或是家里来了贵客，父亲才会动手做。他先得将带皮的猪肉洗尽，放到沸水中煮沸、去腥，再往肉皮上均匀地擦满蜂蜜，放到油锅里慢慢煎炸，等到皮色焦黄时，浸入温水中煮熟，撒上葱花姜丝，才算是一道美味的黑皮子。

父亲一直看着我吃，筷子很少动。我吃得很快，黑皮子在我嘴里，咬一口，满嘴都是清香、酥软，一股清香，便长久地留驻在了口中。父亲见我很享受的样子，便说："你记住，做人做事，宁可别人负你，你切不可负人！你若是个吃货，品鉴得了美味，今后爸每年都给你做，让你记住这滋味，记住这老家的味道。”

我记不清那顿晚餐吃了多久。天完全黑了，我还吃得正香，父亲见屋里灯光不够亮，把窗户推开了，一抹月光便泻了进来，屋里顿时亮了许多。月光照射下的黑皮子，越发地显得香脂欲滴。我望着桌上的菜，对家的环境竟然有些陌生起来，手中的筷子也不知往哪里放。父亲感叹说，家里的这灯泡不亮，也忘了放些月光进来，多少好菜没看明白，稀里糊涂地便下肚了，有些可惜，改天家里也换个大点的灯泡。

父亲说话的时候，我吃得正香，没太在意他说的话。能在明亮的灯光下，看着油汪汪的黑皮子，那肯定又是另一种滋味。只是我们家的晚餐，大多等不到天黑，偶然遇到今天这种情况，父亲也未必会去换大灯泡，每次交电费，父亲的眉头都紧锁着，他会奢侈到为吃顿饭换灯泡的程度？

后来我才知道，那顿晚餐，是父亲用他准备配老花镜的钱，换了那条肉做的。他让我请同学，是不想背着那份人情。同学没来，父亲的心愿无法了结，在感叹与希望的碰撞下，晚餐上顺口说的那句话，竟然成了他的诺言，从那一年起，每到过年，无论多忙，他都会做出那道醇香的黑皮子肉。他将父爱、家的温暖、做人的姿态，全都倾注到了那碗黑皮子中，让人品尝到了人间的各种滋味。

在黑皮子的醇美香味中，我渐渐明白了很多道理。我不再听到年猪的叫声就坐不住，不再没事找事地去帮人家杀年猪的忙，父亲也不用一听到杀年猪的叫声，就连忙把房门关住，生怕我又出去，欠下什么人情。每到过年，父亲照例忙着他的本分，帮人写春联，只是在写的时候，他的手有些抖了，颤抖的手握着笔悬在空中，好半天才能落到纸上去。乡邻们都称赞父亲的书法功力见长，每一笔抖下去，都可力透纸背。父亲听着，也不说什么，只是尴尬地笑笑，腾出手来擦一下鼻上的清鼻涕。

我有些心疼父亲，自己掏钱买了纸和笔，寒风中抖索着为别人写春联，一站就是大半天，都是在尽义务，值吗？我知道他在书写时那么抖，并不是什么力透纸背，而是他的手有些不听使唤了。在头一晚做黑皮子时，我就见他的筷子夹不稳肉，肉从高处翻滚直下落入油锅，溅起的油花钻到了他的袖子里，转眼就是一大排水疱。父亲用衣袖挡住我的视线，不让我看到他手腕上的那排水疱，忍着剧痛继续做黑皮子。我知道父亲的意思，他担心年纪大了，别人会另眼看他，想用事实证明，他手脚还麻利，做事依然像当年。父亲的手上起了那么多的水疱，一定钻心地疼，但我不想让父亲丧失这最后一点尊严，只是含糊其词地劝父亲，忙了大半辈子，也该歇息了。父亲听了，没搭我的话，嘴唇动了几下，像是在自言自语。只要有乡邻来请托做点事，就说明自己还有用。过个大年，忙着才有年味。人人都不忙，哪还像个过年？

父亲的忙大多集中在冬季。每到隆冬，他便被黏到了村上，这时农活少，娶亲的，建房的，忙着置办年货的，大都少不了对联、春联。我离开故乡，成家立业，有了稳定的收入后，多次准备来接父亲，我盼望父亲能到我工作的城市去看一看，那里有更广阔的天地，好玩的好吃的数不胜数，不是只有对联和黑皮子，可父亲一直被手上的事绊着，几次下了决心，竟然没有成行。父亲的那些事，有多少是真正放不下的？说穿了，就是那道很深的乡愁，如一条结实的红丝线，把他紧紧地扯住了，让他无法自由。父亲见几次没能成行，心里也有些不安，便跟我商量，他不能成行，就让我们回家，一家人，围在火炉边，看着红对联，吃着黑皮子，挺好的。我没再犟着要父亲进城，原来是想让他去见见世面，过几天清闲日子，看他实在走不了，如果硬要强求，也许就是在为难父亲了。再三权衡，我答应父亲，只要不是急事缠身，我们就争取回家过年。

争取是个永远的承诺。我这一争取，晃眼就是若干年，可我回家过年的承诺始终没能兑现。那年冬天，父亲早早地就来了信，让我一定带着妻儿回去过年。他说手抖的毛病好了，写字做黑皮子完全没有问题，又请人代养了一头猪，足足一百多公斤，我们哪天到家，就在哪天杀了，把儿时的伙伴、同学都请了来，欠别人的情不能总是挂着。父亲的书法在信纸上发挥到了极致，简简单单的一页纸，父亲挥洒自如，把杀猪做菜的事写了大半页。父亲说，他请教了邻村的一个大厨，做黑皮子的手艺提高了，配料更加讲究，火候也把持得更地道，黑皮子做出来，那劲道和嚼头，保证让人尝了，一辈子都忘不了。

父亲在写这封信的时候，兴致一定很高。他把家乡的变化、对生活的向往都寄托在了信中。我打算给父亲回封信，告诉他，一定要多保重身体。现在世道变了，吃点黑皮子，已不是什么稀奇的东西，城里也有卖的，不要看得像是宫中的御膳。人们已经在追求房子和车子，有时间，我会带着妻儿一起回去，给村里人讲讲城里的事情。

我有回信的打算，信却没发出去。事情一忙，我把回信忘了。年三十的早上，我还躺在床上，电话已经固执地响了起来。我接通了，电话那头传来北风的呼啸声，我将手机紧紧贴在耳上，听了半天，才断断续续听出来，北风里夹杂着父亲的声音。

父亲说：“今年黑皮子炸得多，如果能回来，现在走，晚上也就到了，等人都拢家了，再开年夜饭。”父亲没等我开腔，接着又说：“实在离不开，就邮寄点黑皮子给你，这东西文火炸过，干燥易存，可以放很长的时间。”我连忙说：“不必不必，城里什么都买得到，吃的东西放长了都会变质，你们吃了吧，我有空就回来。”

电话那头是一阵阵呼啸的北风，不知父亲听到我的声音没有。村里信号出奇地差，用手机的人不多，父亲每次与我通话，都要借邻居的电话，爬上一个高高的山梁，对着手机大声地吼叫，我才能依稀听见。他打完电话，再千恩万谢地把手机还给邻居。听着呼呼直响的北风，我仿佛看到父亲伫立在寒风中，大把的雪花包裹着他，稍不留神，就有可能被大风吹到山沟里去。我不忍父亲在这种环境中多待，连忙挂断了电话。

挂断了电话，我心里却放心不下，总觉得父亲还在原地等着，依父亲的脾气，话没说完，他是不会退下山梁的。我怎么能这么做？再急，也不能不让父亲把话说完呀。我连忙回拨电话，还好，电话很快就接通了。我连喊了几声，父亲还是没说话，手机里传出的，都是一阵紧一阵的山风，也许是山梁上风吹得正大，或者是下着雪，父亲扯起他的衣角，挡着风，被呛得说不出话来，正静静地等着听我说话。

我握着手机愣在那里，心中涌起了深深的愧疚，这个年，该回去过的。再忙的日子，时间就像海绵里的水，总可以挤出来。父亲如山，那座山是老一辈的寄托，苦涩岁月中的乡愁，扯不断的亲情垒成的，现在，父亲全都给了我，我似乎有些难以承受这份深沉的父爱。我暗暗下定决心，不论多忙，无论有多少理由，来年的年三十，我一定在家里过，围着火塘，吃着父亲做熟的黑皮子。

我为这个愿望积极准备着，来年也并不漫长。这年刚进初季，我就接到了那个呼啸着北风的电话。我说父亲你别说了，那边风大你赶快回去，今年我们一定回来过年，品尝你亲手做的黑皮子。我连说了几遍，那边却一直没声音传过来，耳朵里灌进的都是山风呼啸的声音，隔了好一阵，那边才传来了一个陌生的声音，他说你父亲昨晚过世了，赶快回来料理后事吧。我惊呆了，如同听到了晴天霹雳。父亲一向身体健康，无病无痛。父亲还说他专门拜了师傅，做黑皮子的手艺日见长进，已经为我们做好了味道正宗的黑皮子。他说过大年怎么能没有黑皮子，没有黑皮子的年，根本就没有年味。谈到过年，他是那样兴致勃勃，怎么说没有就没有了呢？

我连夜往家里赶去。夜晚的白雾，裹着刺骨的水汽拼命地往长途车里钻，我冷得浑身发抖，不断地跺脚、搓手，仍抵挡不住寒冷的侵蚀。这种冷，是那盏温暖了我多少年、照亮了我前程的灯突然间熄灭，让人恐惧绝望，由心里到外面，无法抵御的寒冷。

我在清醒与冥想之中徘徊，朦胧中，往事又在我心中升腾起来，隆冬的杀猪声，小伙伴的欢笑声，父亲亲手做的黑皮子，抹了蜂蜜，在油锅里炸过，香喷喷又酥又软，那种滋味，已经永远停留在心中。这是乡愁，是父爱，是停驻在心底的一盏灯，寒夜里，想到父爱，想到乡愁，浑身便有了暖意。我突然间有了游子回归的感觉，游子的灵魂永远在故乡，无论远行多久，累了、疲惫了，终将要回来。

离家的路越来越近了。我看到故乡上空，有片红色的云彩在游动，这又是一个好天气。在那片彩云下，杀年猪的吆喝声，此起彼伏，我看到父亲早已立在祠堂中，精神抖擞，正一张接一张地为乡邻写春联，写到高兴处，父亲甚至拿出了绝活，左右开弓，两手同时书写，一副对联，一气便写成了。我诧异至极，父亲不是好好的吗？我不但要仔细给父亲说说外面的世界，还要大口品尝老人家亲手做的黑皮子，走时，再带些回城去，让同事也来尝尝，这是父亲的看家绝活，精湛一生，晚年还拜师学过艺。这样想着，我心中便涌起了无限的暖意。

西沙五札

赵瑜

一　南海的风

自西沙返回，夜深侧卧时总觉得床是摇动的。

不只如此，还总能听到风声。那是南海的风，在鸟的翅膀上，或在云朵里，从海上来，又融入无尽的波浪里，轻易便吹乱我日常的磁场。

直到我坐起来，看到窗外的椰子树影，有了日常生活的参照，才知道，我们已经回到了陆地上。这是海口的早晨，树上有鸟，后院有孩子们在追逐。这一切声音和光影，都是触手可及的生活片段。

大海完全打破了日常生活，因为地域的奇特，它远离日常生活的体验。大海将每一个时间相对应的节奏打乱了。在海上，阅读被风吹乱，手机的信号被风吹乱，就连谈话的姿势，也被吹风乱。

是海风屏蔽了这一切。

风在平原上，只吹动风雨。风不能改变村庄的路径，也不会改变报纸出版的日期，风几乎和草一样，是抒情句子里的副词。而在大海上，风将波浪一帧一帧地摊开来，将海水染成天空的颜色，将船左右拨动，将船上的我们固定在某个姿势上。

在旧时，尚未有机械动力时，打鱼的船只，只能看风向，来决定是否能出海。那些出行的一点点试探风向，试探大海的远近、深浅，以及鱼类在海域里的居住地。那么，风，是出行的第一件事。风吹波纹的形状便有了不同的意味；风在海鸥的翅膀上停着，海鸥飞翔的姿势与风有关，也与渔民们远行的速度有关；关于风的记录，是渔民们口耳相传的生存手册。一个渔民，如果出海不懂得看风向，生命都可能有危险。

在久远的年代里，南海打鱼的渔民们流传下来无数个版本的“更路簿”。这是渔民们用生命体验积累的海图，是对风的认知过程，对茫茫大海远近和方向的参照。

然而，这一切，都是从南海的风发出信息。

在陆地，风无色无味。然而，在海上，风吹来大海的味道。这些味道对于普通的游客来说，单一，固体般缺少变化。而对于长年在海上漂着的渔民来说，风的味道像万物的色彩一样，既充满了变化，又相互溶解。

在海上，风也是食物的一种。

鱼群相互追逐时的气息，被风捕捉到，带给渔民。渔民便会根据风的方向，觅到鱼群正在游走的方向。

一个合格的渔民，站在渔船上，只凭着鼻子，就能闻出海水里有没有鱼；只凭着耳朵，就能听出前方数百米内有没有鱼群；只凭着眼睛，就能看到什么样的波纹下可能藏着大鱼。

然而，在夜里呢，没有光，眼睛被夜色蒙上，只剩下风。

有风，渔民们便觉得有磁场、有电波、有消息。夜晚，风是大海的语言。渔民听着风声，掌着舵向着完全没有方向的大海深处行进。无法想象，一个渔民的感官和感觉系统的发达。他们用近乎文学的描述能力来接近风，猜测风，甚至向从未到深海去过的后生们讲述风。

他们的语言是什么样的呢？是有色泽的，还是可触摸的，还是和鱼的种类相关的呢？

风在日常生活里，总有着道德的框架，世风，作风，被形容词的外衣套着的“风”承担了并不属于它的道德指针。而只有在海上，风才成为主语，它主动将海水一段一段地打开给我们看，将阳光藏在夜晚，将船只推向晕眩而又诱惑的岛屿上。

在海口五公祠后面的流芳路上遇到的风，与在去西沙的一艘船上遇到的风肯定不同，而船上遇到的风，又和在赵述岛上遇到的风不同。

风和风是不同的，躺在船舱里，当船只左右摇动，我身体的磁场瞬间崩塌时，我忽然想到，这南海的风，是一个陌生世界的律令，它规定我们只能保持某种特定的姿势，比喻仰卧在船铺上，不然，它就用左右摇摆的方式，让我们身体不适，直至呕吐。

南海的风，那是一段态度明确的风啊。

二　船票

船票正面

编号：0028448

船艘名称：琼沙轮

姓名：赵瑜

舱位：109-2

乘船时间：2013.02.27，18 时

单位：作协

船票反面

琼沙轮旅客乘船须知

一、本票是乘坐琼沙轮的凭证，乘客本人凭有效

证件和船票登船；船票售出后概不退换，过期作废。

二、乘客应在规定开船时间前60分钟抵达码头验票登船。每人携带行李不得超过20公斤，长、宽、高相加不得超过160厘米。

三、乘客应遵守安全生产以及环境保护的相关法律法规。

四、请关注相关安全提示，自觉服从琼沙轮工作人员的管理。

从三沙回来以后，我随手将这张船票的票根夹入手边的一本《沈从文全集》里。

这是我旧有的习惯，将火车票、登机牌，甚至是剧场的票根当作书签，直接夹入正在看的某本书里。过了些时日，再遇到，便会想起那已经被记忆折叠收起的一段往事。

这些票根上准确的日期，像一个相册一般，只要翻到它，便会进入一个思维的回放镜里，天空的颜色如何，鸟叫声如何，相随的人的笑容以及说过的话，都如流水一般倾泻而出。

我有时候会因为这些书里夹着的票根，而刻意地去整理书架。随手翻开一本《茨维塔耶娃的书信集》，发现一张去湘西凤凰的火车票，时间为2006年9月，那是我第三次去凤凰。下了很大的决心，要去那里买一套临水而居的房子。仿佛只有那样，才会离沈从文更近。

总之，那张火车票上有火车在夜晚穿过火车隧道的声音。我听到了火车卧铺上夜晚时分在电话里私语的缠绵。火车不停地穿过山洞，信号时好时坏，我也给某个人打电话，一件事情分成三段才能完成。

也会在某本小说集里发现电影票，多是在海口银龙电影院看的。有一张电影票上的时间竟然是情人节，电影的名字是《将爱情进行到底》。与谁一起看的呢？印象很模糊了。坐在那里又想了一会儿，总觉得应该记得起，可是记忆阻塞某个天气潮湿的傍晚，门窗紧闭，雨声渐远。

记忆有时确如纸片上的电话号码，需要好好保存，如果放在衣裤的兜里，不小心被洗衣机洗了，那么，只能模糊成一团纸浆。

比如，在我常常用来记事的笔记本里，会夹着各种各样的纸条，有的是电话号码，有的是未完成的事情的提醒。有一张纸条上，竟然写着：明天中午给张小姐打电话，告诉她裤子短了。张小姐是谁？是一个什么样的故事，却怎么也记不仔细。

将三沙的这张船票夹在哪一本书里呢？这颇费了我一番周折。

书架上我常翻的书有这样的几本：卡夫卡的短篇小说集，米兰·昆德拉的《小说的艺术》，还有北岛的一本散文集。鲁迅先生的《两地书》里本来已经夹了不少纸片了，翻来一看，全是登机卡。最后决定放在《沈从文全集》里。

这是《沈从文全集》的第十八卷，前面的十七卷均是他的作品和评论，自第十八卷开始，至第二十七卷结束，十卷本的书信。我最近一直在捧读书信，所以，放在这本书里的好处是，随时都能翻到这张船票。

这是去程的船票，很有保存价值。我吃了晕船药，在船的甲板上拍了不少照片，逆着光拍南海岸边的建筑，有一种挖掘地下宝藏的喜悦。因为，平时，肉眼绝不会逆着阳光观看景致，而用相机拍下来以后，回到船舱里，放大了看图片，觉得凭空获得了自然景观的一种赠阅服务一般。

本来我是要住在上铺的，奈何头晕得厉害，就和严敬换了铺，睡在了下铺。

在下铺的好处是，离大海最近，平稳一些，安静了听，能听到大海在船外面的声音。这些声音如今就铺在这张船票上，淡蓝色的船票，闻一下，就闻到了那天的海风的味道。

四人一个舱位。对面的两个人一言不发，于是各自玩各自的手机。

返程时也是同样的舱位和铺位，据说是怕有人丢失了东西。若是下船时忘记了带某件物品，返程时到船舱里查看，完整无缺地仍在。因为船在西沙靠岸后，并不会立即开走的，会停一个晚上。所以，上岛来采风的也好，旅游参观的也好，又或者科普考察的也好，都只能停两个白天、一个晚上。

返程时多数人都变得兴奋了，我依然担心晕船，将自己叠整齐，放在床铺上养神。

对于我来说，船无疑是最为陌生的交通工具，自小在北方平原上长大，最缺的是水。二十岁之前，从未见过船只。总觉得“船”这个字眼来自古诗词，现代的交通工具不都是火车、飞机吗？

直到 2006 年到海南，才第一次坐上轮船。

坐了船，才知道，人的磁场原来如此容易被破坏掉。在轮船上的我完全是陌生的我。

在轮船上的我所能想到的人和事物，与在陆地上的我完全不同。在轮船上，我能想到的是安静的人和事物，总希望自己能被那些安静的提示带走，逃避掉这种漂泊感。而在陆地上，则会从容很多。

船票是一件信物，王家卫电影里，有一句这样的台词，曾经颇能打动一些人：如果多一张船票，你会不会跟我走？

我呢，将这一张船票夹在一本书里，希望，多年以后，有位相好的女人，借我的书时，能看到它，向我细细打探这一次去三沙的情形。那样的场景，只是想想，便觉得生动。

附记：

将这张船票夹在了《沈从文全集》第十八卷的第212页、213页之间。第213页正好是沈从文写给胡适的一封信，在这封信里，沈从文对胡适说，听说你刚从上海来北京，这边的《文艺》杂志编辑部请客，想为徐志摩去世三周年做一个纪念集，希望你来聚一下，参加活动的人有朱自清、俞平伯、闻一多、郑振铎、周作人、余上沅、李健吾等。怕胡适因怕喝酒不来，在信里，沈从文还专门交代了一句“若怕吃酒，戴戒指来就不至于喝醉了”。这是一个有关胡适的笑话，因为怕胡适出去吃饭时被灌醉，胡适的老婆专门为胡适刻过一个“戒酒”字样的戒指，作为胡适不喝酒的挡箭牌。

信读来有趣。

三 永兴岛的夜

永兴岛的夜色在风里，风一吹，夜色便成了音乐。白天的那些阳光像鸟儿，飞远了。

永兴岛的夜没有音乐。小超市倒是有一个的，多是简单食品、物品的销售。理发店也有的，一个在军营里，一个在渔民村里。可是，这里没有那种广场音乐，连城市里常见的广告牌也没有。

这里是世外的，你只要在永兴岛上来回走动，就会觉得，这里的一切都是让人珍惜的。

淡水每一滴都是从海南岛运过来的，岛上的水只能洗衣服或者冲凉。冲凉，需要我们补充一下的，到了三沙宾馆，这里永远都只有凉水。因为这里的温度长年都是在二十摄氏度以上的。

宾馆好玩得很，我们入住的时候，房间尚未打扫干净，于是我们将相机等一应物品全都放在桌子上，便出门闲逛。等到晚饭后回到房间，才发现，房门大开着。

三沙市尚未做旅游开发，所有来岛上的人都是专门的机构接待，所以，宾馆房门大开着，也不会有任何担心。

我们一行八人，在夜色里散了一会儿步。海南路只有两百米，北京路大概是岛上最长的一条路了吧，但也不过八百米。

有一个烧烤摊，白天已经拍了照片，广告词写得非常精练：中国最南端的休闲驿站。至少在当下，它当得起最南端这个称谓。

永兴岛上的一切都当得起这个称谓，理发店是，小超市是，宾馆是，餐厅是，路边的树是，电信营业厅是。

而我们这一群人，是走到了中国最南端的城市的游客。

这里的淡水少，所以，喝水时老想着船只在海上漂浮动荡的影子，便自觉地少喝些水。食物也是，没有养鸡场，鸡蛋、菜蔬都是补给船拉过来的，所以在餐厅吃饭时也自觉地少打些，省得浪费。

这里只有夜晚的风是无限量供应的，免费，且舒适。

抬头看天，能看到一片一片的云彩在浮动，如果不在路灯下面，能看到天是蓝的。

即使是夜晚，天空的蓝依然能被辨识，这里没有任何污染，所以，空气像被擦拭了多遍的玻璃一般，晶莹剔透。

烧烤摊边坐着另外一拨和我们一样的客人，小声说话，不时发笑。总觉得在这样的夜色里，喝些啤酒说些醉话才好。

小石斑鱼三元一只，鱿鱼丝也便宜得很。

坐在那里，我们说起上午时分各自的心得。梅处和我一样，在石头岛捡拾了一块石头，严敬永远是听众，同行的美女张毅静是大家调侃或献殷勤的对象。

下午时，我们坐船去另外的小岛上，小船在浪涛中的起伏给了我们很多灵感，如诗句一般，但也只是一个短期的存折，只能在海上使用，仿佛一回到永兴岛，那些有关起伏的句子就都藏起来了。

比如我们在喝啤酒的时候，再说起船夫开船的姿势，以及海水从远方赶过来，到底想要告诉我们一些什么时，我们都想不起在海上时的心境。

丢了。大海就在三百米外睡着，我们却把它丢了。

在这样的夜色里，我们吃着大海里的鱼，说着与大海有关的话，然而，却时时把大海给忘记了。

我突然想念有一年在大山里行走的自己。路不平，我走不到目的地，租用了一辆摩托车，在崎岖的山路上行走，车子上下颠簸，和在大海上行走时一样。这样的经历总能刻在记忆里，多年以后，仍然想起在山里行走时的陌生感。尽管具体的细节已经碎了，模糊成粥状，但是，在永兴岛上，我又一次想到，一个人向不同的地方去行走，奔波生计也好，观景清心也罢，其实都是找寻自己的过程。

自己和我有时候是同一个人，有时候，我看到的自己是过往的自己，而未知的自己却在遥远的夜色里。

我们在夜色里发微博，用比喻句说海水的清澈，写下来，便觉得那清澈被减少了，找不到最为清澈的词语来描述。

永兴岛的风也是如此，温度刚刚好的风是清澈的、动听的、有香味的。鱼吃完了，酒也喝完了，我们讨论幸福。下午时分，我们几个人在椰子树下的吊床上躺了一会儿，云彩飘过来飘过去的。恍然间，我觉得突然丢了时间，直到手机响起。

这是一个距离海南岛很远的岛，如果没有电，没有网络，连电子用品也没有，一群人生活在这里，自己创造语言、制定规则，那么，会不会过了一百年也不知道自己的年龄？驾着船到别的岛上去看，遇到的人也是如此，不知自己的年龄，自然也就无所谓生和死。活着就是自然的，从未有任何惧怕，岂不就是最为幸福的状态？

我的话说完，他们便笑了。在这样的夜色里，我们的确没有留意到时间。看看星星，星星稀疏了，月亮离我们越来越近了，总觉得她要偷听我们聊天似的。

有一阵子，大家都沉默着。莫晓鸣接电话去了。几个人吃着东西发呆。我呢，思维总还在那些小波浪上，没有方向和磁场。这种轻飘又陌生的感觉像极了一首诗。我呢，就陷在这首诗里，久久不能出来。那些句子活泼得很，跳跃着，多数都逃走了，还留在印象里的，是这样的感觉：

夜色是光滑的，几案上的香燃烧成蝴蝶
我跌倒在一段音乐里
撕下衣衫，记下美妙的乐谱

石头四块垒成历史
鸟叫声十三片堆在窗外
我在舞台上叫谁的名字
谁就会获得一阵风

是风，吹乱了一泓波浪
宋朝的酒壶里浸泡着我的童年
平原上的唱词如此庸常

墨鱼是一段气味的总和

海水谋杀所有颜色

我在夜色里遇到我

又丢下我

四　渔民

我深信，在久远的以前，赵述岛是一个神仙居住的地方。

现在，这个岛上居住的多是渔民。我们在村子里的树下看到他们，他们在吊床上睡着，草帽遮住了脸，脚趾上的沙粒已经干了。风吹乱树影，在他们的身上婆娑着，实在像住在尘世之外的神仙一般，舒适安逸。

树下还散坐着两三个村妇，她们的肤色一律是被阳光晒得健康的黑色。

岛上的房子也一应是木质结构的简易房子，问他们，才知，只要是台风来了，他们就要离开赵述岛而回永兴岛，又或者直接回到海南的文昌或者琼海。

这些临时居住的地方因为长年温度适中，所以，并无过多的复杂的衣物。去任何一家参观，主人呢，都热情地迎往，甚至热情地要取淡水来招待。

赵述岛的“小”像大海里的一块小波纹。如果坐快艇，从永兴岛出发，要半个小时可达。如果是逆风行船，小船在大海的浪涛里会上下波动，有说不出的快感，像是得了喜悦的消息却找不到合适的人来分享。总之，在大海上行走，每一步都是一种意外的感受。

赵述岛的居民每一户人家的门前都会挂着成排的鱼干，多数是墨鱼或者八爪鱼。鱼晒干了，张着触角，显得很大。问他们价格，一听，果然要便宜许多。不用说，比起永兴岛来，这又是中国最南端的海鲜了。

我们在任何一家门前说话，邻居们都会听了话前来。

他们久久不见有内陆的人来，有着浓郁的说话热情。让座，烧水，忙得不亦乐乎。

村子里有人养鸭子，在小路上排成了队，惹得我们惊讶。只是几只鸭子而已，却已经将我们带回到了日常生活的状态里。这个岛上哪怕是人居住和饮食，也都多依靠补给船定期从海南岛上拉来，更不用说养几只鸭子的烦琐。

在一户人家里坐下后，惊喜地发现，他们家里有几张茶桌，上面放了麻将。不用说，是渔民们干完活以后，在这里消遣娱乐的。

在这样的一个神仙般缥缈的小岛上，时间几乎是停止的。饿了，取海水煮鱼便可以有力气；困了，在树下面便可以入睡。每一年每一月每一天的温度都在十八摄氏度至三十摄氏度之间。除了遥远、梦幻之外，我无法形容在这个岛上居住的心境。

自然，我说是我们这些游客的心境，和渔民们完全不同，渔民们只是为了生计。在这里捕鱼，晒干了，等着收购的船只前来收货。

我们正说话间，有小船来村子里送补给物。村子里的一些男女都来到海边，挑运卫生纸、啤酒、方便面、饼干、面包以及用麻袋装的其他生活用品。

在海边的浅水区里有一筐筐的海螺，一问，才知是红口螺，便对主妇说："先煮一筐来。"一筐海螺有二十余斤，我们七八个人，刚刚好的分量。

用海水煮的红口螺味道鲜美之至，用手揪出红口螺的尾部，一扯，便扯出了螺肉。那肉质入口的时候是脆的，像淡水螺一样，里面的肉质是光滑的，像虾段一样。就这样坐在一个渔村里吃海螺，味道是一回事，风雅又是另外一回事。

我们一行人，一边吃螺，一边说起过往。

过往吃螺多是在酒桌上，也有的在渔船上，又或者在海鲜市场边上的排档里。而今天，我们就着整个太平洋，就着赵述岛的海风，就着三朵云彩和四五个故事，显得格外有情致。吃完后，用纸擦手。将用过的纸都各自装好，我们要将其带离这个小岛，带到永兴岛上。

吃完了，我们去参观渔民们的家，每家的房间屋后都放置着两个超大号的塑制水桶，一桶是食用的淡水，另一桶呢，应该是海水。

淡水的滋味并不纯正，我们都试着喝了一口。听说，拉淡水的船只，在返程的时候，都要再装入等量的海水，以使得船只航行平稳。那么，长久以往，海水便留在了水舱里，使得淡水也总带着一点点海水的滋味。

而那些渔民，显然不在意这细小的变化。对于这些天天和大海打交道的人来说，世间只有一种滋味，那便是鱼的味道，至于水，相信他们每一个人都喝过海水。

也只有喝过海水的人，才有资格在纸上谈论大海吧。写到这里，我突然想起在船上躺着时的所思所想。我一直想着那些渔民，他们，在面对惊涛骇浪时应该如何逃生，在面对体积庞大的鱼类时又如何抓捕……他们的故事最为激烈的应该是什么样子呢？

阳光下的墨鱼干一排一排地悬挂着，陌生。我凑近了，闻到一些从未闻到过的腥味。这些味道在日常生活中几乎从未遇到，像是在阅读的时候，遇到了一个语言极为新鲜的诗人。

渔民们看我这么着迷地闻这些墨鱼干的味道，在旁边笑，说："这些鱼都是太阳光下暴晒干的，一直保持着它们活着的时候的清香味道。"

“清香”，这是渔民们对于墨鱼的解释，我相信，这也是他们对这个世界的解释。

五　大海

大海的组成部分是可疑的。我们自幼年起所念诵的那些句子，比如“海阔凭鱼跃，天高任鸟飞”，或者是“海上生明月，天涯共此时”等，哪一句念来不都是在淡水里活着，是甜的，而大海却是咸的。

大海接纳了湖泊与江河，包容雨雪和鱼类，承载船只与风。大海由这些部分组成，却又背叛了这些部分。

想象不出，一条淡水里的鱼，随着流水，漂到海洋里，那么，它便是被故事欺骗了的鱼儿。它不得不逃离海洋，逆着水流的方向向上回溯。它后来被海洋的波涛卷走，成为其他海洋生物的食物。又或者，一些鱼类，天生敏感，在入海的第一瞬间便被海水的滋味叫醒，它们奋不顾身地往故乡的方向游弋。终于有一条成功了，它逃离了海水，逆着河流，每遇到不知情的鱼类，就会大声告知它们海水的滋味。

由此，鱼群们纷纷丢下对大海的幻想，逆水而返。想来，在河流里，我们常常看到的那些逆水的鱼，多是符合此推论的。

大海与大海不同。

在三亚湾见到的海是孩子气的，游客们占据了沙滩上的每一个空间。大海把游客的游泳圈吞进去又吐出来，淘气。

而在澄迈玉包港所见到的大海是有生理周期的，有着浓烈的腥臭味。这是渔村或渔港的味道，晒在平地上的那些鱼干散发出来的气味，足以让我呕吐。可是，对于当地的渔民来说，这种气味是香的，和月亮一样，和啤酒一样。同样的大海，对不同的人也是不同的，除了气味，还有意味。那些渔民所理解的海，和我们这些风花雪月的人通过唐诗宋词所理解的海，有着截然不同的况味。

在平原地带生活的孩子，总觉得大海是虚幻的。如今，当我有机会真正地面对大海，我才知道，大海是一本词典，形容词很多，且指向模糊。

相比较而言，我更喜欢西沙永兴岛四周的海水，因为它清澈。

在海口至湛江海安码头的琼州海峡看到的大海是混浊的，世间的事情，一旦被生活沾染，便必然承担更多的污浊，如同道德，不能撕开那些光鲜的衣服，撕开来，便只能剩下世间的挤压与卑劣。

海水也是，只有在人迹罕至的地方，才能成为海本身。

西沙的海水如果放在大海的词典里，应该是名词的部分。名词多是本真的，是具有原始意味的比喻本体。在西沙，每一片海都是大海本身，安静，和天空相接连的部分，大海成为天空。

在大海的空间意味里，天空不过是海水衍生出来的一面镜子，只供阳光出来的时候大海梳洗自赏用。

大海用自己无边而密集的波浪制造了独有的时间和空间。在时间古老的旧年月里，人漂浮在海上，天空的颜色与大海的颜色一样，阳光和月亮有时候被海水吞没，那么，时间成为模糊的节奏。如果在大海上漂浮，身体里的磁场被海风吹散，时间便没有了。黑夜和白天一开始是分明的，然而，渐渐地，当黑夜和白天的更替变多，内心里不再记得最开始的那天，那么，黑夜和白天的更替便像是停滞了一样。两天和五天成为没有意义的计量单位。

身体里各种感受一旦失去了对时间的依赖，那么，我们和神仙便没有了差异。

我们这一群人在海上行走的时候，总有一种对时间的恐惧，生怕我们被时间丢弃了。我和大家开玩笑，会不会，我们几个人，坐船到那个岛上去住了一晚，然后，坐船回来，发现永兴岛上的人都已经变老了数十岁。

这自然是对大海的一种修辞。

在我的日常理解里，大海每天将阳光放在心里，将天空的云朵放在心里，它熟读了天空的变化以及昼夜的更替。所以，大海本身便是时间的容器。

那么，当我们这些在岸上生活得久了的人，一漂浮起来，总觉得，时间被偷走了，也是本体的反应。

在西沙，会凭空多些云游四海的理想。也只有在这里，才知道大海本来是什么样子的。同样，也只有往更远的地方去行走，才知道世界是什么样子的。

世事如果拥挤在内心里，找不到释放的办法，终于让我们变得窄狭而自闭，可如果将自己的内心打开，会发现，我们的内心不但可以盛下过往，还可以盛下未知的将来。在大海边上，一阵风打开我，海水的蓝打开我，天空的颜色打开我，树叶投在地面的光影打开我，散落在大海表面的波纹打开我。

西沙的海水，静到能放下人全部的心事，清澈到能照出人前世的模样。

我将我前些年所有的伤怀都放到了这片海里，看到那些情感沉入大海，成为清静澄明的一小段波浪。

探寻查姆文化之魂

李悦春

翻开《查姆》
翻开那些比历史还古老的彝书
犹如看到祖先一代代迁徙的脚步
犹如听到祖先围山捕猎的狂吼
造天造地
造宇宙万物的故事
经过时光打磨
称作古朴神秘的“查”
成为现代人眼里的经典……

这是云南省双柏县文联主席苏轼冰的诗，赞颂了彝族创世史诗《查姆》的深厚历史渊源。

《查姆》曾被学者称为“最神秘的文化”，也有专家惊叹："难得世界上还完整地保留着这种神秘古朴的文化现象……"查姆文化究竟有多神秘？带着探寻的心理，我们全省报纸副刊研究会的同仁，在双柏县县长李长平的邀请下，走进了哀牢山深处的查姆故地，亲身感受查姆文化的丰富内涵。

夜晚，查姆湖旁的双柏县城中央广场，灯火辉煌，人潮涌动。霓虹灯闪烁的舞台上，大型彝族原生态歌舞《查姆》震撼登场，让沉睡多年的彝族创世史诗《查姆》实现了从"文本"走上舞台的华丽转变。

《查姆》是一部流传于双柏县大麦地镇、安龙堡乡等彝族地区的彝族民间文学创世史诗，在彝族发展的历史长河中逐步形成。"查姆"彝语为"大"和"起源"之意，一般意译为"万物的起源"，《查姆》以神话传说的方式，记述了人类、万物的起源和发展的历史。

《查姆》、"老虎笙"近年来被列入国家级非物质文化遗产名录，凭借难得的机遇，双柏县根据《查姆》的内容进行策划创意，围绕"史诗《查姆》写辉煌彝歌彝舞乐飞扬"的主题，运用毕摩祭祀仪式、舞蹈、古歌小调演唱，以及流传于双柏的彝族歌舞，精心编排成了这台展现《查姆》独特神韵的音乐舞蹈史诗。

舞台上，穿火草褂的彝族汉子，用唢呐吹出嘹亮的山歌；裙子飞扬的彝家阿妹，演绎着古朴有趣的农耕场景；小豹子笙跌宕出原始的野性；老虎笙在毕摩的祭祀中回到远古的双柏……气势磅礴的史诗通过演员生动的表演，传神地弘扬了查姆文化。

编排这台舞蹈节目的名叫觉若·阿毕的彝家汉子，有几分神似歌唱家腾格尔。他在双柏的彝山历练了大半生，又到上海戏剧学院进修，精通彝族民俗，又懂表演艺术。他说，这是一部彝族用血脉书写的文字，怎样让它鲜活地绽放，我们可谓是“呕心沥血”呀。

双柏是民族歌舞的海洋，彝族民间说唱剧目《阿佐分家》被称为彝剧“始祖”；彝文医药书《齐苏书》比李时珍的《本草纲目》还早十二年；彝族老虎笙、大锣笙、小豹子笙被国内彝族专家学者称为彝族文化的“活化石”和古傩仪的珍存。因此，围绕打造查姆文化，双柏民族艺术团还将“三笙”和天鹅笙等民族歌舞进行艺术加工并搬上舞台，先后到上海、威海、昆明等地演出，“老虎笙”还到了日本、法国、韩国演出并受到赞誉……曲艺作品《荞花养鸡》获全国第十一届“群星奖”优秀奖，舞蹈《虎魂》、民歌对唱《哀牢山谣》获云南省彩云奖铜奖，舞蹈《老虎笙》在“中国（江西）首届国际傩文化艺术周活动”中获得金奖。

在双柏的日日夜夜，查姆文化如星空般绚烂，映照着大地的梦想。法脿镇李芳村，是声名远扬的“三笙”之“大锣笙”的发祥地，2011 年被列为省级文化旅游名村建设项目。在农历六月二十八日这天，因为一场夜雨的冲刷，村子中央的“锣笙源”广场被泥泞布满，而跳大锣笙的彝家汉子则头戴木质面具、穿草衣、着短裤、光脚板，在毕摩的诵经结束后，在泥巴中跳起“大锣笙”舞。“大锣笙”是罗婺彝族部落古代流传下来的一种祭祀和娱乐的原始图腾舞蹈。只见抖动的身姿、飞溅的泥巴，脸谱之下藏着真实的面庞，高举向天空祭祀和祈祷的双手，在岁月的流光中，演绎着历史的芬芳。六十六岁的老毕摩叫张成兴，是“大锣笙”省级彝族文化传承人，他讲起了关于大锣的传说故事，在很久很久以前，遥远而神秘……

不仅仅亲眼看到“大锣笙”，还有历史悠久的民族文化彝族叙事长诗《月亮银儿子和太阳金姑娘》《阿卜多莫岩》《喜鹊姑娘》《迭咪开益得》等，被撩开面纱示人，其中《赛玻嫫》被译成英文在国际上公开发行。

诗人李长平，激情如查姆湖水在胸中流淌，在我们面前展现了一幅双柏的宏伟蓝图；“双柏立足本土民族文化，打造以查姆文化为核心的彝族虎文化之魂，使‘中国虎乡、查姆文化、彝州西湖’的名片更加亮丽。”双柏高度重视探掘、整理、加工和开发利用民族文化资源，建立了民族文化陈列馆，从民族歌舞、古籍、饮食、服饰、刺绣、建筑、民间艺人、民族节日等方面着手，保护好查姆、“三笙”等文化。双柏县建立民间艺人、传承人档案，制定了《双柏县非物质文化遗产项目代表性传承人保护培养管理办法》，成立了中国查姆文化研究基地，建立了大锣笙、老虎笙、小豹子笙、查姆文化传习所，组建了查姆歌舞表演队，以让民族文化发扬光大。

今年，央视节目主持人到双柏县拍摄春节特别节目《与虎为舞的人》，央视《走遍中国》栏目组拍摄了专题《虎祭》，节目在央视播出后，影响深远。而且，“中国彝族虎文化节”“虎笙节”“七月十五节”“仙鹤节”“开街节”等一批传统节日的举办，使双柏名声远扬。世界各地的专家学者都慕名而来，兴高采烈地投身双柏查姆文化源地蹲点考察、体验生活，细细咀嚼双柏民俗文化的韵味。

远去的土地

邓涛

万年是一座小县，呈三角状盘踞于赣东北，丘陵、岗地穿插着零散的盆地，湖塘星罗棋布，另有一片平原濒临鄱阳湖。明代正德七年始有此县，以县治于万年峰之阳而得名，尽管如此，“万年”两字依然取得任性，执拗地叫了五百来年。万年与五百年，这数字上的落差让我的内心有一种莫名的跌宕，直到抵达大源乡源头村小荷山，隐约感觉上天的苦心，这些地名与史前事件没有必然的逻辑关系，却是非常有趣的暗示，似乎很久以前，寻常的地表上有着不寻常的经历。

是的，万年人喊这块土地是精神的原乡，声称：野稻驯化起于是，烧土成器始于斯，刻符记事源于此，物食易换发于兹。

一

我们把故乡推远一些，再推些，它就小成了一个山洞。在高速公路上看到仙人洞的标识一晃而过，并不在意，我对地名的雷同现象早就习以为常。

事由出于偶然，本是专程前往贵溪考察，途中，同行的朋友对万年文化如数家珍，谈得津津有味，一时令人心向往之，万年与贵溪毗邻，临时动议，回程绕道万年。

这样的偶然在生活中时常发生，比如20世纪60年代初江西的文化部门注意到一封群众来信，写信者曾在万年待过一段时间，他认为万年的洞穴可能有远古人类的活动场所，一封很可能疏漏的信揭开一场世界级的考古的序幕。

仙人洞愣愣地凝望长条形的大源盆地，没有一只比它更孤独的眼睛看着浮世三千和世道的更迭。

在东西约六公里、南北约二公里的溶蚀盆地中行走，很像踩在一条回乡的路上。年华似这渐远的水路，大源水挽不住岁月的投影，纡徐地从小荷山边向西北缓行，上了年头的古桥和收割后的田野，还有爱闹的犬把天空叫得阴沉沉的，两三只家禽无聊地蹒跚而过，黄昏的空气饱含着水分，土地松软、香柔。仙人洞的洞口就在小荷山脚，其中的距离是遥远还是亲近，像一扇永不关闭的久违的家门，这是令人回味的嬗变。

小荷山是一座孤立的小山，外形类似丰收后堆积的米仓，又像一只倒扣的碗。披就一身年轻、温润的气息靠近蛮荒时代的遗存，轻轻地，总觉得还有谁在洞里冥睡。

万年仙人洞也是天生的，在一个个轮回的推搡中荒废，虽然这里没有险峰，在文明史源上也有它的无限风光，“仙人洞”谐音“先人洞”，一群山人的避所，我们仿佛进入一个文明的子宫。

1962 年春天，江西省文物管理委员会派出发掘组前往仙人洞试掘，50 个工作日里出土 300 余件人工制品，12 处烧火堆以及人头骨、股骨、众多动物骨骼，这是华南地区最先发现的新石器时代早期遗址。1964 年 4 月，江西省博物馆考古队用了 35 个工作日对仙人洞进行了第二次发掘。

泥土保存着一方地理的秘密，如今已经确定，仙人洞和吊桶环遗址完整的地层关系记录着人类从旧石器时代向新石器时代经济生活方式的转变，年代为距今两万五千年前。

一直往里走，我恍惚得像是越境到了另一个人间。

仙人洞并不雄阔，收容着一群人粗糙的生活和宿命。站在适当的位置足以环视每个角落，在中国有无数这样的山洞，但对仙人洞的表述显然不是简单视觉上的空间概念。

洞里的寂静像一场很深的大梦，晃动着时间的魅影，涉足其间的现代人在心理上有被俘获的阴沉感。

我似乎嗅到从遥远的地方弥漫而来的气味——原始的、火热的、嘈杂的、腐旧的、腥臊的……真是跨越万年圈在洞穴里的一户人家，很亲切又很陌生，那些天真、混沌的古老灵魂在迷幻的灯光中飘浮移动，充盈着整个洞穴。这种在场感逼仄、神秘，墙上似乎还吸附着细小的回音，仿佛慢慢闹腾起来，在没有隐私的群居生活里，我们有更多中国式伊甸园的浪漫想象，可以撷取到最原始的生命哲学。

历史就是魔幻的大诗。

雨上万年地落，阳光、月光上万年地普照，他们集结在仙人洞，这里记述着惶恐、佝偻的日常，凄怆的岁月里望夕阳远去，暮色渐浓。他们有小灵猫一样敏锐的目光，比野猪更凶猛的石刀，必须精准地射杀潜伏在草丛中的动物，箭要赶上飞翔的雕和奔跑的斑鹿、麖，他们从鄱阳湖边收罗蚌类，食用过后，将壳制作成锋利的蚌器，用于宰杀猎物，残酷的境遇努力塑造一颗颗勇敢的心。

他们活在血淋淋的食谱里，固守在一个洞里，似乎就守到了全部。仙人洞的穴居生活到底远到多久？这种可能性使我陷入时间的虚无中。

人去洞空，上万年的光阴也瞬间烟逝。

那些朴拙的灵魂还在游荡，他们的眸子清澈，又带着一丝解不开的悲伤，他们在这里的蜗居，更像是面对反复无常的大自然心有余悸的躲藏。日复一日，年复一年，他们没有信仰，也没有奴役、慌言和傲慢，不知荣华富贵，也不懂得蝇营狗苟，他们带着粗犷的动物性和沉重的背负，在山体内部低语，悄悄地积聚，抗拒毁灭，渴望诞生。仙人洞是一个小部落的营寨，他们在洞里出生，在洞里成长或夭折，在洞里老去，这里有集体生活的欢笑与烦恼，但仙人洞的存在使他们不离不弃地待在一起，我们对生命有了更多的嗟叹，心灵间的距离也是一种远。

以仙人洞为背景的生死如同草木连绵不断地重复，这是一段段不该忘却的感性人生，一群神话时代的人，最终他们都去了哪里，或许已轮回到我们中间。

大约八千年的时间跨度里，仙人洞因气候变化而被河流里的杂质堵塞、封存。他们寻找其他的栖息地，从仙人洞这个原点出发，开辟着我们许许多多新的故乡。

二

仙人洞并不孤独，离它不远处就是吊桶环。

吊桶环是一座穿透式的岩棚，颇似木桶吊环。山不在高，我忽然对这几块布满皱痕的岩石肃然起敬，它闪烁着从时间的远处折射而来的光，与它对视，如同与祖先相遇。

只有神力才能摆弄出如此造型，我更愿意把它定位为万年先民耸立起的史诗般雄沉、古朴的文明之门。

上天造就的一重门，碑碣一样支撑起两万五千多年的生命履历。

它以岩的意志，神一样地在风霜雨露中不更改站姿，将史前的文明钉铆在山上，这几块岩搭出来的分明是一个“人”字，这是倔强的等待，任凭大地风雨飘摇，看尽世上万物的表情，它就是最早的那个站台，等待那些在历史的通衢中走失的潦草的灵魂。

原始族群的喧腾平息在荒山野岭巨大的寂寥中，万年前在疼痛中踩出的清晰的小径已被无数度春风惯养的野草覆盖，我们需要在斑驳的历史图像里查询很久以前的一群人的下落。

考古学家们认定，吊桶环遗址应为栖息于仙人洞的原始居民在这一带打猎的临时性营地和屠宰场，两个地点为同一群人所利用。根据考古的素材，我们不妨进一步推断，先人们将打来的猎物、捕来的鱼鳖、摘来的果子，当然还有稻谷在吊桶环各取所需，以物换物。

倘若是这样，临时性营地倒像小小的集市，而屠宰场更像是现宰现卖的交易。这让我想起童年时代用自己的玩具换取伙伴们的玩具，每个人脸上跳跃着无邪的满足感。这是他们反复踏过的土地，演绎蒙昧时光的那些世事。从耳边刮过的风中似乎夹杂着一阵熙攘，时间像块大抹布，擦拭得毫无踪影。

寂哑无声的吊桶环孤独地守望在山顶，穿透生与死，是时间渡船上不愿折断的桅杆，使我们横过万年去进行一次没有太多准备的旅行，世人终于了解到它，拜谒着迄今为止最古老的集市。

科学家们从稻属植物植硅石中破译稻作史记中的关键密码，一个石破天惊的消息迅速传开，专家在提供的权威报告中指出："此次在吊桶环遗址的发现应是现今所知年代最早的栽培稻遗存之一。"一粒稻种担当革命性的角色。

眼前的恬静与上万年前的喧哗形成了反差。想知道更丰富的过去，比如在仙人洞和吊桶环遗址上发现的骨鱼镖和鹿角片上有明显的刻画文身，这是记事还是计数呢？不免想起轩辕黄帝的史官仓颉，相传他"始作书契，以代结绳”，也就是用刀子在木竹上刻符号记事代替结绳记事。这些刻画纹很容易让人联想到它与象形文字有某种因果关系，我们的锦绣文章竟是从这些粗简的点划开始酝酿的，越想当然越兴奋，因为这是在中国发现的最早信息，其重大意义不言而喻。鲁迅谈过一个观点，汉字不可能是仓颉一个人创造的，应是由许许多多仓颉共同努力创造的。仓颉时代比起万年的先民已是很晚了，这片丘陵地里肯定有更老的仓颉。

他们漫游在山林、田野，终于等到一天，他们像是跑散了，不见踪迹。一场繁华湮灭，他们仓促地成长、仓促地死亡，躯干化在层叠的山里，他们隐匿在我们的血管，跟着血液奔跑。

疏弃的吊桶环是圣坛，是沉默的思想者，是历时两万多年的一个主场景。

它雕塑式的凝重神态，像瞅着馥郁的大地，又像通往某个去处的过口。人生如梦，岁月如河，有很多人来，也有很多人去。它惦念着一群像尘埃的人，这是太早的一群人，无名无姓，穿着兽皮树叶，沦落在洞穴里，他们有过自己的人生，顽强地活了下来。

在大源盆地中部的孤山上，聆听历史嘹亮的高音，缅怀先人，对悄然无息的时光扼腕。它更像是加冕的冠，为这块大美的土地，为如蚁忙碌的苍生，为稻的庄严。

三

火，本来自上天的怒气。

后来人们看到了火悲悯的情怀，它是与夜、寒冷对峙的力量，率领苍生从黑暗、冰冻空间里突围，火是改变人类生存状态的头号救星。

被自然界排挤的古人类寻求火和洞的保护，从仙人洞发掘出二十二处烧火堆，仿佛惊醒了火苗，感知到远古的冷暖，还原了一个历史现场。火苗映着潮湿的洞壁，映着黑暗里的各种神态，将仙人洞映得通红，如同仙人洞里的神明，让原始的人们完成本能的皈依，他们聚拢在火堆边，听洞外湿漉漉的鸟鸣以及带来美妙想象的天籁。在漆黑的大地上，这一束光就代表未来和一切可能的希望。他们是火堆边上欢腾的影子，这救世的火焰啪啪地发出悦耳的声响，他们不再怕夜的狰狞，即使再黑的夜也不会找不到方向。我一直认为舞蹈最初的灵感源于火，如血液般鲜艳的火用奔放、热烈的曲线和动感让寂寥的大地滋生无尽的活力。

火成了象征，让猿人加速脱胎换骨，对人的智力发挥了关键性作用。东方的燧人氏和西方的普罗米修斯，是火照耀出他们伟岸的身躯。

火的胆量和雄心收缩成一种乖巧，改变着原始人类的每一天，对火的认识、使用，他们钻木、击石，从取自然火到人工掌握火，寻找到稳定的火种，控制住了这种力量，他们像火一样顽强，是火教会他们积极的生存态度，渐渐地，人与动物分开了。

火像一簇簇热烈的花在人们的胸腔中开放，仙人洞里的居民围拢在那感受到大家庭的温馨，肃沉的冬雪让他们举步维艰，火是一种依靠，他们在火里闻到阳光的香味。

火是大地上一个炽热的动词，仙人洞一带的原始人类以它为护身，再凶猛的野兽也有了畏惧。仙人洞外的山里，闪耀着点点的火光，他们甚至懂得利用火围歼动物。

火映照出一幅群像，他们接受火的恩赐，在火的光芒中进化，他们打磨骨器、石器等工具，并用骨针、骨锥缝制皮衣皮骨，他们用蚌刀肢解鹿、猪、兔等动物后，架在火上炮生为熟，烹饪从烧烤开始，茹毛饮血的时代结束了。

火是物质燃烧过程所产生的现象，人类的生活因为它有了一系列的变化，从火的动态中更能理解生命、理解土地的悲壮。

它走进中国古代哲行的五行之中，它让心灵有了温度，它产生了刀耕火种的农业耕作方式，它使得仙人洞出产了闻名于世的天下第一陶。

四

我终于在清凉的黄昏里与这些碎陶有了快慰的见面。陶是一个时代的脸，从数百片无规划形状的陶片里仿佛注视着这些卑贱却又秉性刚毅的人，他们缔造出万年早期的田园。

先人生在这块土地上，死在这块土地上，在这块土地上撷取的泥烧成陶，就是一具具散碎的血肉。那些模糊的面孔因为陶片而变得具体，因为陶片而有了音讯。

泥土里挖出来的陶片像标点，将抖落下来的岁月断句。像家长里短的一地碎语，拾掇起，就捡起远方含着疼痛和喜悦的日子，捡回了潜隐的一个世界，岁月亦有情，薄脆却隐忍着强大生存力的陶片又像睁开怯生生的眼睛，盯着陌生的新人类。

陶的理想是那么日常，就像那群和陶一样薄脆，但也有坚韧部分的人，一蓬蓬野草般的日子再凄惶，生活还要继续。

这就是一块坚持到现在的陶片，让我们感受到时间的硬度，虽然当年它只是普通、粗粝的炊器，而今天在人们的眼神里无疑显得神圣、高贵，北大考古文博学院、江西省文物考古研究所的分析与研究报告认定：仙人洞西区CB层出土的条纹陶应当是目前所知世界上年代最古老的陶器。它复原成一只直圜底罐，仿佛盛满了两万个春秋的枯荣，被国外考古界誉为天下第一陶，是中国历史博物馆第一馆的第一件展品。

在陶的历史中，它的基本功能在于烹制和储存。简朴的陶也像一个小小的居室，我们听到了苍老的回音，清澈的水响，还有集合在一起的稻谷们的窃窃私语。在火焰的包裹下，陶罐传感到热腾腾的冲动，米粒在里面跳跃、膨胀，忍不住张开久闭的、迷人的香意，洋溢着整个仙人洞，祖先的肠胃温暖、丰盛起来。

陶的身体来自父母般的厚土，又被大地收藏。好在敏感的陶没有最终碎成泥，面对橱窗里的陶片像是瞻仰先人们的遗容，麻木的记忆被陶片轻轻割开，相距太远的声音在空气中对流。

我们都是陶的后代，我们身上有泥土的气息。

跟着这些有力的步伐，在时间的走廊上我们追寻先人清晰的踪迹，一个崭新的天地洞开在眼前。洞穴、稻米、陶器、兽肉组合他们最初的生活样式，家园体系逐渐形成。陶片见证着早期人类某个阶段的进步，人的活法越来越精致，很像是从陶升华到瓷，我们的目光移向万年附近的景德镇，岁月的跫音里感受 china 一词的光彩、荣耀，泥土与火的伟大结盟，毋庸置疑是值得狂欢的事件。

五

很想睡成一粒坚实的稻，只有稻谷才是万年最灿烂的秋色。这里的泥土与稻有着奇异的亲缘关系。色如玉、形如梭的万年贡米，很容易让人想起辛弃疾在不远的黄沙岭写下的那句“稻花香里说丰年，听取蛙声一片”。万年县的米在南北朝时即供应皇室，明朝正德皇帝御膳后下旨：代代耕种，岁岁纳贡。万年贡米在1959年的万隆博览会上享誉海外。

民以食为天，衣食无忧是平民朴实的愿景，在政治、军事、文化交织出波澜壮阔的历史图景中，粮食的话题始终是社会关切，正所谓：“农者，天下之大本也。”

万年贡米蒸煮成饭，吃在嘴里丝毫不腻，嚼着嚼着就嚼出了岁月的味道。

农业的起源是一切文明起源的发端，中华文明也不例外。

稻是万年的精髓所在。

两万多年前，地球经历了最后的冰期考验，大地渐暖。这一带是稻谷生长的温床，它们积攒着山川的灵秀，在温润的南方旺盛地繁衍，将灿烂的秋天压弯。

考古学家在万年揭开了稻子身世的密码，使得我们撕开时间的障碍，在仙人洞追溯着它的沿革，发现了稻子本纪中开篇之作，也就是迄今为止可靠的稻作源地之一。

农民也因此诞生了。

植硅石分析和孢粉研究是万年农业考古中用以鉴别稻谷遗存的主要手段，在文化堆积里提取的稻属植硅石，提供了现今世界范围内已知年代最早的一处稻作农业的证据，时间划分在一万两千年以前。

尽管是迟到太久的收成，其价值无须言表，古老的稻谷们获得了世界的掌声。

稻作文明的起源从中国、印度之争，到 1973 年浙江河姆渡遗址的发现，将世界人工栽培稻的最早历史推到七千年前，举世瞩目。随着江西万年、湖南道州玉蟾岩等地农业考古的完成，都将稻作起源推到了一万年以上。稻在南方的野地里以瘦小、羸弱的身影出现，先民们完成了一种选择，在南方丰富的物种中，他们发现并驯养野生稻，让饱满的稻子在山地里疯长，像翻滚的阳光在秋风中微笑，在距万年大源盆地五十公里的东乡依然能看到普通野生稻，被认为是现代野生稻分布的最北缘。考古学家们递交的报告中指出：“早在约 12 000 年前的更新世末期野生稻已分布到了江西北部地区，而且被当地居民所了解并作为食物所采集。这是在长江流域地区首次发现的早于稻谷栽培的野生稻考古遗存。这一发现为在长江流域地区寻找栽培稻的起源提供了重要的依据。”

“谁知盘中餐，粒粒皆辛苦”，李绅的话依然在耳，从野生稻走向人工栽培何尝不是艰辛的历程？神话传说中无所不在的神农氏绝不是一个人，他是包括万年先民在内千千万万的劳动者。稻米作为果腹的主粮率先进入中华民族的食谱，这些米粒蕴藏的光芒灿然四射，照亮了人们广阔的生活。那些谷子在空旷的晌午像雨一样撒落，这是他们喜欢的声音，他们收集起来，刨开白花花的日子。生活在耕作中相对平稳，农业文明开启了新纪元。

敦厚的土地上，人们日出而作、日落而息，我们活在了农历里，躬背而作，定格成田野千年万年的姿势。

稻从中国出发，全世界有一半的人在食用稻米，从海拔 2500 多米的高原到寒冷的北方都能看到饱满的稻谷。稻的版图越来越辽阔，稻的品种已衍化成庞大的家族，中国是世界最大的稻米生产地，稻相伴我们一生。

时光没有将稻的古老遗存消化殆尽，否则，无法得知当年的仙人洞、吊桶环出现过关于稻作的辉煌。

世界三大农业起源中心，西亚的小麦种植起源中心、美洲玉米种植起源中心均被全球的学术界公认，马尼士（Dr.Richards Macneish）在墨西哥等国进行农业考古，对玉米种植起源、发展的研究贡献卓越。当学术界的视线聚焦到稻作农业的起源中心时，马尼士立即把它作为自己的下一个课题。

1991 年，声名显赫的马尼士博士出现在南昌举办的首届农业考古国际会议上，随后，他向中国国家文物局提出申请。经批准，中美联合考古队成立，这是新中国成立之后，中美之间第二次在考古方面联合行动。

根据 20 世纪 60 年代初江西考古人员在万年两次发掘后确认新石器时代早期遗存的线索，1993 年和 1995 年，由马尼士博士和彭适凡先生实际领导的中美联合考古队进入仙人洞和吊桶环。

身材偏胖的马尼士博士是一位可爱的老顽童，同时对工作又是极度的苛刻。1992 年，七十岁高龄的马尼士博士登上了吊桶环，兴奋不已，断定将有重大发现。

中美联合考古队的到来再次打破仙人洞和吊桶环的沉默。他们仿佛将亡灵一个个带回来，对历史大量地追述和补白，所挖掘的东西对当今人类社会几乎都是圣物，这些述说完成了一个纪实性的切面，一吐为快地表达沉宿于时间深处的往事。

马尼士博士显然有着倔强的直觉，敏感地嗅到一万年以前的气味。他最不愿意的是接受那些没完没了的拜会和采访，渴望功利社会之外有一处可躲避的仙人洞。

1999 年，中方继续补充发掘。仙人洞遗址发掘面积共计 8.6 万平方米，吊桶环遗址发掘面积共计 40 平方米。仿佛掘开了岁月的一道口子，越过时间的边界，将古老的睡眠一一唤醒。时光原来可以堆积在这么小的块面里，像祖上藏箱底的遗物，搜索出许多隐秘的线索，这些资料的曝光使中国的史前文明进行重要删改。

历史不会忘却，一个美国考古学家不远万里来到东方，和他的中国同事一起在世界农业考古史上树立起不朽的丰碑。

六

生活的苦难让人类成长，他们从一个个洞穴里解放出来，开始壮大成大地上的主宰。

稻属植硅石、陶片、石器、蚌器、骨器……这些在历史的长河中沉积下来的记忆体躲过岁月大手的揉捏，它们是埋在泥里的记事，地层努力将历史保鲜，等到出土的那刻，一个真相大白于天下，像是给后人捎来特殊的信笺。

这块土地上，与物质有关的可贵实验中，文明像婴儿的啼哭爆发出清亮的声响。

岁月原来有痕，隐遁了的时间因农业考古的发掘又悄悄回来了。

远方，这个关于时空距离的词语，更像是在一场散去的人生之后保留下来的关于血缘的物理线路，我们从哪里来，没有远方，就没有近处。尽管他们不明事理，我们可以洞悉到他们的冷，他们的饿，他们对未来的翘望。

荒蛮时代的南方隐蔽着一条文明的秘径，看到了在文明的门槛前比中原更早的徘徊。中国的地理上，一座仅五百余年成长轨迹的县城寄寓着久远的乡愁，放射出夺目的文明曙光，那是一片远去的土地，天圆地方的人间从此熠熠生辉。

千古一碑

蔡毅

独居一寺，默对苍穹，《爨龙颜碑》历经一千五百多年的风雨洗礼，仍顽强地矗立在神州大地，这本身就是一个奇迹。

每一个慕名来到爨碑跟前的人多会屏息静气，凝神观望，然后围着它前后绕行，寻找理想位置，拍摄留影，永存念想。

这块碑太高大了，3.38 米的身高，1.46 米的身宽，厚 0.25 米，普通人站在它跟前一下就变成个小不点儿，便是姚明来到它面前，也会惭愧得不敢与之比肩。我不知天下有哪块碑刻能超过它的巨硕体量。难怪要将它称为“大爨碑”！

这块碑太重要了，1961 年便被国务院公布为全国第一批重点保护文物，它既是立于禁碑甚严的南朝刘宋时期唯一现存的碑刻，被后人称为“南碑瑰宝”“民族瑰宝”，又是研究爨氏土官祖孙世袭历史现象、爨文化与中原文化千丝万缕联系的一个历史学、人类学的重要证据，而且还是中国文字从隶书向楷书过渡转折的一份代表作，堪称名冠古今之国宝。

早在1981年，我就从一个朋友家中意外得窥爨碑拓片，那是一包重重叠叠包裹的旧物，层层打开，桌子放不下，床也摊不开，只好先铺报纸于地，然后缓缓拉开，一幅朱砂珍拓，参差怪字，便伸头展脚，展现在我眼前。说实话，我当时连“爨”字怎么念都不知，更不懂它的价值，看着那张霉蚀虫蛀、边角折叠处残破、字缺损不少的清代拓片，我一句话都说不出来，只能立于一侧，摸都不敢摸一下。等朋友介绍其非凡来历，并历数它之贵重，我才决意参与“研究”，豁出时间去钻阅故纸堆，将它作为大学毕业论文之课题。

一别二十载，2001年，我们一家前往彩色沙林旅游，中途我才得以一识《爨龙颜碑》真面目。那是专门找人费了不少口舌，才将寺院门锁打开，见到我神往已久的宝碑。它的居所比我预想的阔绰，一块碑占据了一庭一院，清雅、宽敞，享受着特殊的待遇。它的容颜比我知道的苍老，字迹漫漶，上半身的文字几乎无法辨识，碑沿破损，有人为敲击的损痕。那一刻，我才知过去我所见的拓片，比它现今要清晰、完满许多，难怪可以帮助我们查缺补漏，搞清了四五个云南民族史、考古史上空缺不清之字，那可是云南学界多位老专家毕生猜不出来的重要内容。凭借着它，我与朋友从此走上治学苦路，从一年轻学子，变成了专家教授……爨碑老友，我终生不会忘记你对我的启蒙和滋育。

2008 年奥运前夕，我再次随作家采风团赴陆良，拜谒爨碑。爨碑依然端坐厅堂，不言不语、神态漠然地接待着无数远道而来的朝拜者。大多数人是第一次朝圣，我则是再度晤友，无数次读碑。别人看不出它之变化，我却感觉它面目更沧桑更模糊（或许是我心挂念之缘故），毕竟是经历过千百年的战乱灾祸，人毁土埋，碑身虽全，但那些刀劈斧凿之文字，已然斑驳蚀损，近半难以辨识，我只能靠残存之记忆，来温习它的内容，追思它之非凡命运。

涌现于我脑海中的，首先是碑主爨龙颜。这是一位“容貌玮于时伦，贞操超于门友”，温良谦恭，声誉远扬的君子。他“素怀慷慨，志存远御”，元嘉九年，当宁州东西两境遭遇暴乱，他率精兵锐卒五千，不避矢石，奋勇剿敌，平息了边疆的战乱，成为南中一块坚固的磐石，官袭龙骧将军。就此而言，不妨说爨碑是一块英雄碑。

整个爨碑记叙的不光是爨氏家族的“千柯繁茂，万叶云兴”，子孙隆盛，誉满京城，更多是赞扬爨龙颜忠王事、重清名、交友义、居家孝，进无骄矜之容，退无恼怒之色等优良品质，表彰的是一种“胜残去杀”“德重道融”的济世情怀，这怎能不让后世人读之油然生出一种钦敬！由于他掌大权于乡里，树高节于四方，英姿高略、纯懿弘度，“独步南境，卓尔不群”，人们景仰他的仁爱德行，因此才勒石立碑，缅怀其天姿仁德，颂扬其丰功伟绩。此是这块黑色碑石能千古流芳、百代传扬的根本原因。不妨说，爨碑是一块功德碑。

再看看爨碑之书法，一个个如兵士，似卧石，野、蛮、古、怪，纵横恣肆，体势奇绝，既活蹦乱跳，又强悍俊美，被书家称为“六朝碑板之首”。清人范寿铭认为它开六朝唐宋无数法门，“实书家之鼻祖矣”。晚清大儒康有为认为《爨龙颜碑》“当为隶楷极则”，“古今楷法第一”，列为“神品第一”，推崇备至。多少人为学书万里寻碑，为一窥真貌，翻山越岭，“千金买一观”。毫不夸张地说，它是一块法书碑。

另外，爨碑一度隐身匿迹，湮没千年之久，为何于道光年间偏偏被时任云贵总督的大学士、金石专家阮元发现于荒郊野外，从此大彰于世？这其中究竟存在一种什么样的旷世因缘？它现身后为何会由一弃石变成人们趋之若鹜的神石、药石，这当中发生了些什么变化？爨碑历经人们任意捶拓，碑文损破，碑石却坚固如初，不裂不烂，但即使最早的拓片也空缺数十字，让人至今也无法搞清其真实内容。有商贾作伪，拓工肆意剜填，造出的笔画肥钝呆滞，露出填补之迹的拓片，致使真假淆混，莫衷一是，那些阙佚之真实内容究竟是什么？围绕着爨碑产生了许多故事、传说，也遍布疑云，这便使它笼罩着一种神秘色彩，可说是一块有待人们去破疑解谜的神秘碑。

想到这些，我脑中浮现出一队队日本游客，漂洋过海，万里寻宗，一见这古气氤氲、龙腾凤翔之碑，就要集体下跪，敬若先祖的情形；浮现出对古往今来众多书生学子，观摩、研习、赞赏之不足，便临摹之，捶拓之，复印之、传扬之的可爱身影；浮现出对过去陆良当地百姓把爨碑视为神石，一旦逢灾遇病，就要敲碑取石、捣石末当药煨服以求安康的记载；还浮现出当今学界多次举办爨文化研讨会，出版爨文化书刊，成立爨文化研究所，一大批学术精英为之攻坚克难、秣马厉兵盛况；还浮现出我所敬重的当代国宝级大书法家启功先生之慈祥面容，他至死也未有机会到云南来一睹《爨龙颜碑》，于他而言这实在是一件天大憾事，让人为之惋叹。多重图景交叠浮出，风云际会，令我百感交集，脑子变成一个怀旧的演艺场。

石若不神，何来此类传说？一代又一代的人们之所以对爨碑顶礼膜拜、推崇备至，绝非尊古、崇古、迷古所能解释，实在是因它自身辉光四射、魅力无穷，是一块无可替代的历史碑、文化碑，才吸引得无数世人对它关注、热爱与倾心朝拜。

日月更替，千古一瞬。石碑永寿，瑰宝增辉。我们能不为之赞叹吗？

走笔会泽

郝正治

天地造化

亿万年来，无数次的沧海桑田，使云贵高原形成了今时的地形地貌。云南是山的世界，似乎世界上所有的山都向这里挤来。而位处乌蒙山腹地的会泽，更像是云南所有的山都堆到了这里。这些相挤的大山挤得山山相连座座重叠，挤得那山更比这山高，他山更比这山秀，挤得层峦叠嶂难通道路，挤得山川险河流湍急不通舟楫；叠翠的群峰、逶迤的山峦涵养着乳汁甘泉玉液，不仅滋润着红土高坡，更浸流出了大江支流牛栏江、依礼河、小江；高山流水，万泉汇聚，造化了一个美妙的地方——会泽。乌蒙山南北绵延千里至滇中，而东西蜿蜒一直横贯贵州湘西，它的气势、它的险绝为中外罕见。

我生长在乌蒙山区，也不止一次地走进乌蒙腹地。无数次地贴近大山、抚摸大山、攀越大山，也多次地走进牛栏江、金沙江，所得感受是一次比一次深。天地造化、孕育的乌蒙山川河流是那样的神秘、那样的诱人、那样的完美。爬上大海梁子，虽感荒凉，但是，在远眺之中，你不仅会感受到乌蒙山的阴阳是平衡的、天气是闭合的，而且还会感受到一种强烈的气息。这气息是什么？是云？是雾？是身披秧毛毯在高山草甸放牧人的呼吸？我国古代哲学中有“浑元”这个名词，它指的天地运物。我想，这种运物也完全融贯在老子“道法自然”的道家观念之中，这种观念随后发展成了道教的最高境界——天地人合一。当你登上云雾峰巅、深入峡谷大川时，除了感受山的阳刚之气、水的柔情美姿以及上天入地以外，也会感觉到人的渺小，也会出现万念俱涤的时刻，此时天地人合一的意境就会浮现在脑际。这种意境当然就是道家所追求的最高境界，它与佛家所追求的“四大皆空”虽有区别，但最终结局是殊途同归。

乌蒙奇山妙水是大自然赐予会泽人民的一笔丰厚遗

产，并且蕴藏着一种强烈的气息，也许，这种气息会猛烈地震撼乌蒙山川。

先民的辉煌

藏于乌蒙大山的会泽，早在旧石器时代就有人类生息繁衍，他们同样经历了旧石器、陶石并用、陶器、青铜器、铁器时代。在滇东北出土的石器、陶器、铜器说明了这个问题。“夏彝商鼎”说的是夏商时代的青铜文明文化，它无疑是夏、商的骄傲。在三千年前，古老的滇同样有了青铜文化，到了春秋以后至两汉，滇的青铜文化已经发展到了巅峰，这由乌蒙山区出土的“朱提洗”“堂琅洗”得到了充分的证实。公元前2世纪末汉武开滇时，在今会泽置堂琅县，隶犍为郡（治宜宾），那个时期的先民们就早已掌握了铜、铅、锌的冶炼技术，所铸铜洗造型优美，图案明快，具有很高的艺术性，这是会泽先民们铸造的辉煌。辉煌来自何方？大山堆集的会泽像是密不透风的样子。然而，早在先秦时期就有驰名中外的五尺道钻进了乌蒙大山的缝隙、爬上了乌蒙大山的梁子、穿过乌蒙大山的峡谷，更有那源于大山汇为波涛的江水挤出了大山的夹缝奔出了山外，奔向了大江，奔向了大海，这就是大山相阻却流水相通的现象。山缝生路、峡谷流水，这是文明的纽带，辉煌的道路。路是人走出来的，人类就是从本能的行走开始，一步一个脚印地踩出了道路。只不过，中原道路平坦宽阔，乌蒙道路崎岖坎坷。坎坷道路的代价是要多流汗，多耗体力，多费时间，甚至会付出生命的代价。但是，决不能因为付出多就不去走路。因为，行走是人的本能，交往导致了进步，就是到了信息时代，人类也还是要行走，而且走得更快、更远。故而，乌蒙大山的先民们正是在这崎岖坎坷的道路上攀越了几万年、几千年、几百年才打造了生存的辉煌、道路的辉煌、堂琅洗的辉煌。辉煌是什么？是一个亮点。为了这个亮点，大山的先民们不知做了多少个美好甜蜜的梦，也不知被多少个噩梦困扰着。先民正在美梦、噩梦，噩梦、美梦的交织中演绎着一个个美好的故事，一个个剧烈的故事。美梦、噩梦交替上升而缭绕大山顶峰，与迷雾、白云、乌云、彩云缭绕飘荡，美好的故事、惨烈的故事则随千山万水汇聚的江涛奔腾着。

古道被修筑、被延伸，也被切断、被湮没；堂琅洗被铸造，被传世，也被埋藏、被熔化。但是，乌蒙大山却永远地矗立、永远地俊秀、永远地环抱着它的骄子。汇为波涛泽被八方的江水也同样是永远在淌，永远在流，永远在哺育着它的女儿。山的骄子、江的女儿更是永远地走在大山，永远地蹚过江河，永远地追逐着亮点。亮点会烁烁，会延续，也会消失。中华五千年文明史延续至今，而曾经十分闪亮的古希腊、古埃及、古罗马文明却早已断了代，早已不见了亮点。消失的亮点要重放光彩，还得靠人去点亮。谁去点亮呢？谁能让它重放光彩呢？谁又能让它永不消失呢？这里用得着古人的一句贤圣语言，叫“仁者先知，贤者选识，智者选达”。于此，我完全相信乌蒙大山的先民铸造辉煌的历程如同上述过程，也完全相信大山养育的汉子、女儿会以坚韧不拔的毅力去重新点亮那个古老光点。

光点闪烁

西汉的堂琅洗历经两千年后仍在闪烁着光点，传世者，经代代珍惜呵护而锃光发亮；藏地者，虽然绿锈斑斑，但一经擦拭，就重放光芒。似乎，堂琅洗过后的千余年好像再未出现什么闪光发亮的东西。一则，自汉到明，滇人宝则而弃泉（钱）；二则，明代大多数年代禁矿，堂琅洗的最好原料，东川的铜、锡、铅、锌深深地埋在地下。明朝，全国出现了大量开采矿冶的现象，一时带动加工、交通、贸易、服务业的兴旺，史学家称此为资本主义萌芽期。而东川铜矿的大量开采，则是在清代的康、雍、乾盛世年代。其背景是朝廷大量铸币，地方大量铸币而需要大量的铜、铅原料，于是乎，大自然赐予会泽的地下宝藏被挖破地皮、打下坑道而取用之。一时间内地十数省十数万劳工蜂拥而至，深藏乌蒙大山腹地的会泽一时热闹非凡了。十万开采铜矿、冶炼有色金属的大军云集，他们要吃、要住、要娱乐，更要使用大量工具，而采掘的矿石、冶炼的纯铜又要运出会泽，运出云南，运到京师，这又涉及陆路的开通、航运的疏浚、驿站的建立、马帮的形成。这种骤然形成的格局使得会泽空前繁荣而率先打破云南自古封闭的状态，率先走向全国享誉世界，铜都的美名便冠戴在东川头上了。

十几万矿冶大军近两百年扎根会泽，除了每年生产数百万斤纯铜以外，更重要的是形成了一种深厚的矿冶文化。这种文化以上百家各省会馆、数十个戏台为代表。以被称为江西庙（亦称真君庙）且至今保存完好的江西会馆为典型，我们完全可以想象当时矿工既有下坑做苦役的惨景又有劳役之后在会馆、茶楼休闲的开心时刻，腰缠万贯的矿头、马锅头、投机的商贾更是花天酒地傲气十足甚至耀武扬威地横行在会泽古城。而那些慕名而来的云游高僧、文人雅士、骚人墨客无疑要在这资本主义萌芽地吟诗作文、联对或挥毫泼墨，这就打造了更深层次的矿冶文化而加深加厚了它的底蕴。实际上，矿冶大军加上当地居民互融形成的矿冶城镇，宗祠寺庙、会馆酒楼、社学府学、诗文辞赋就是今天会泽成为省级历史文化名城的根基。这个根基十分地牢固以至过了几百年仍然古风犹存。当然，有着如此深厚历史文化内涵的一方宝地必然会造就一批人杰精英，这些人杰精英又毫无疑问会推波助澜地推动社会的进步，这大概就是人们常说的人杰地灵的写照吧。

再展雄风

会泽人津津乐道于老祖宗留下的丰厚人文历史遗产，也津津乐道于会泽的未来是如何美好。美好的障碍是什么？是穷山？是恶水？是道路不畅？还是别的什么？我多次进入会泽的感受是那样多次的不同。有会泽的山实在是太大太高太险的感觉，有会泽的路实在是不好走的感觉，更有那些世代生活在乌蒙云雾之中的山民实在是艰辛的感受，也觉得大海梁子的山民的生活条件实在是与现代化扯不到一起。是同情？是怜悯？是抱怨？我自己也说不清楚。但我完全相信这样一个事实：世世代代的会泽民众，上届下届的政府，绝对是为重振会泽雄风而奋斗、而困扰、而欣慰的。我看到会泽的山在变绿，树在长高；会泽的水在发电而且清澈地流淌；会泽的路在变好；会泽的山树有了明亮的电灯；会泽的高山密箐书声琅琅不绝于耳。

在省内、在省外，我也碰到过许多会泽人在打工、在开馆子、在经商闯市场，这是一群走出去的会泽人啊！他们会将财富、信息、知识带回会泽的。难道这些不是再造辉煌的点点曙光吗？

县有关领导陪同作家们浏览了毛家村水库，说水库大坝（土坝）是世界第二、亚洲第一的土坝，建于“一五”期间，碧绿的水、苍翠的山让人赏心悦目，而大坝下的电站却是以礼河梯级电站的第一站。会泽人在谈旅游，这我完全相信，奇山奇水再加历史文化名城，难道不是最好的旅游资源吗？近年会泽的者海等地又出现了黑颈鹤，这无疑是生态环境改善的结果。问题是，有再好的景观而道路不畅也是等于零。假若，从昆明有高速公路直达会泽，行车时间只需现在一半或更短，那又会是什么样子呢？我想，会泽父老正企盼道路的畅达。

乌蒙大山中跳出的“小熊猫”已经成为品牌；农业产业结构调整正在紧锣密鼓地进行；长防工程已经成为样板，会泽人民已经“留得青山在”，“有柴烧”当然就有了亮点。

道路先行，教育先导，这是社会经济发展的两条水平基线，会泽人肯在教育上花钱下功夫。因为，只有如此举措才能延续历史文化名城的辉煌。

历史是由一年年、一代代积淀而成的，辉煌同样是靠打造辉煌的人们呵护着一件件有益的东西铸造而成的。

庄稼之美

左中美

庄稼们轮流在地里开着花。

老家的气候或说传统：庄稼一年就种两季。这个“季”，不是指一般的季节，而是作为量词。“两季”即“两发”或“两茬”。两季庄稼，分别称为“大春”和“小春”。大春春末夏初播种，历经一整个夏天，秋天收获。大春收获后紧跟着种下小春，经历冬天，春天收获。大春作物主体是玉米和稻子。玉米地里间种黄豆、四季豆、向日葵、黄瓜、南瓜等。这一季菜地里的菜蔬主要有辣椒和茄子。小春作物主体是豌豆、蚕豆、红花和麦子，这些庄稼都不宜间种其他作物。这一季菜地里的菜蔬主要是各种青白菜。

大春的作物，南瓜花开得最早，特别是点种在园子边角的一两窝南瓜，凭着园子地的肥实，又兼和园子里别的菜一起日日浇着水，大约四十天，便开始爬蔓开花，围着园子边，开得一片明媚，引来许多蜂蝶。

曾看到书上有人厌弃南瓜花，说那种土黄土黄的花朵特俗，我读来感觉有些蹊跷。若依着我的理解，南瓜花是与乡村的岁月和气息最相熨帖的花儿了。南瓜花和黄瓜花同为黄色，但南瓜花大些，黄得也更厚重，与它未来结出的瓜一样，有着朴素和温暖的质地。其实，花儿本无俗与不俗之分，若是真有什么花儿让人看了觉得俗的，那也是各眼看各花，本不干花儿什么事。

大多数庄稼的花总是朴素的——在朴素的土地上，开出朴素的花儿。

水稻和麦子都开白色细碎的花。在初成型的穗子上，那些细碎的白花一朵一朵，无声地向上开去，直至穗子的顶端。之后，再一朵一朵无声地谢。相比之下，小麦的花更明朗一些，但香气隐忍；稻花感觉更加细小，却香气弥漫。看过许多书里写水稻扬花，稻香四溢。四溢的稻香里，秋的收获渐渐成型。老家乡下土地贫瘠缺水，稻子多是有种无收，若能在初秋闻见稻香，那香便预示了来年的幸福。

黄豆也开小小的白色的花。老家乡下，黄豆总是间种在玉米地里，一行玉米一行豆。黄豆开花的时节，玉米快高过了人头，加之黄豆的叶子又密簇，那些碎米粒儿似的花儿，小心地藏在叶间，很是不显眼。还有一种间种在玉米地里的四季豆，开的也是白色的花，一小朵一小朵，像那极小的白蝴蝶。

玉米的花却是个谬称。所谓玉米的天花，它长在玉米棵子的顶端，五分六叉地支棱开，似乎也有花粉。这花初时是绛红色，之后，慢慢变灰，直至最后收获了玉米，满地的玉米棵子老去、风干，那天花也渐渐变成了干枯的灰黑色。倒是那玉米穗子里吐出的红缨子，一缕缕的紫红晶莹透亮，担得起花的称谓。

向日葵是乡村夏日不会缺少的风景。老家乡村的向日葵，大多间种在玉米地里，或是随意地种在房前屋后、田边地角。农人们种下这向日葵，本也不为看花，只想着种它几棵，秋天时收获小半箩，年节闲时或家里来客时，亲戚家人们坐一块儿，摆一碟葵花子伴家常。偏这向日葵，开得那样明艳，那样热烈美好，倒成了乡村夏日里的点睛之笔。

在各种豆类的花里，豌豆和蚕豆的花最是温婉美好。这两种豆子生长姿态各异，却都有白色和紫色的花，白的纯净，紫的娴雅。豌豆花各开各枝，蚕豆花因枝成串。两种花儿，豌豆花浪漫，蚕豆花典雅。阳光下，蜂蝶最喜绕花飞舞，豆花白的白、紫的紫，蜂蝶黄的黄、蓝的蓝，花开蝶舞，早早地，便营造了春日的氛围。

作为药用的红花，村里人是把它作为经济作物来种植的。节令早的年景，正月里红花便开了。红花初开的地里，一朵一朵如绒球般的橙红的花儿，开在油绿的叶间，远远看去，仿若一颗一颗红色的星星落在深碧的海里，竟让人说不出有多么美。而当红花开到最盛之时，那红色的花朵铺天盖地，仿若一袭动人的彩锦铺展在那绿色之上。只是，唯有种过红花的人才深知花开越盛，采摘便越辛苦。因为红花密密的叶子上长满了刺。采摘红花时，身上衣服若薄一些，那叶片上的刺都能穿透衣服；还有采红花的拇指和食指，日复一日，便会深深浸透红花橙红的汁色。

菜园子里的花却轻婉细致。少年时在老家，每日放了学或是放牛归来，母亲总要差我去菜园子里浇菜水。菜园子在水井的上方，我一次只能提动半桶水上去。或许是因为一天天吃力地提水到菜地的缘故，我对那些菜花的印象也格外深些。辣椒的花白，茄子的花紫，茴香的花素，番茄的花黄。韭菜也会开白色的花，只是，韭菜开花时，韭叶便老了。各种青菜和白菜长到最后，也要在顶上开出黄色的花来，当这些黄花结成籽，又一个季节已在其间悄然转身。

庄稼的花里，此心念念的还有荞麦花和洋芋花。荞麦花美，苦荞花洁白，甜荞花淡粉，以前，村里是常种荞麦的，只是近些年来却慢慢不见种了，荞花便成了记忆里的美景。洋芋，村里则没有种植的传统，大约是因为土质不相宜。村里人吃的洋芋都是从集市上买的。也是机缘凑巧，有一次出门远足，意外地在一段盘山的公路旁看见大片的洋芋花，白的白、紫的紫，美得没边没岸，竟使我看得眼也呆了。

老家乡村也不种油菜，我是在离开家乡后才见识了油菜的。油菜花开得美，常让人忘了它原是农作物。年后二月，去腾冲和顺，看镇外坝子里的油菜花开得那样好看，特记了一篇小文。近日在网上，更有许多油菜花的美图推荐，江西婺源的、甘肃张掖扁都口的，菜花村庄，小桥流水，是谓美不胜收。还有云南罗平的油菜花，以一年一度油菜花节的名义，数十万亩齐齐开放，占尽人间春色。

那样多的庄稼，在土地上轮流开着好看的花，乡村于是春夏秋冬、子丑寅卯地生动起来。

枯木

许冬林

苏东坡擅画枯木。

他有一幅《枯木怪石图》，画里，一株枯木，盘屈倾斜，艰难向上。那远远逸出的生长姿势，又倔强又危险，仿佛随时会坠落悬崖，粉身碎骨，看了令人生忧生寒。好在，画面左下角，有一怪石压一压，便得稳妥。

可是，那到底是一株枯木啊！

一个人，要经历多少磨难，多少曲折，多少风刀霜剑的打压，才愿意和懂得，落尽花朵和绿叶，只做一株枯木。

阅尽荣华，看轻名利，寄身僻远江湖，做一株沉默不语的枯木。

“乌台诗案”中，新党欲治苏东坡死罪，是昔日政敌王安石一句“安有圣世而杀才士乎”救了他，他才得以被从轻发落，贬为黄州团练副使。经此一难，苏东坡恰似一株枯木，心灰意冷。好在，有一片茫茫山河，来安顿一株枯木，来承载他无言的落寞。他到黄州，写下浩荡如江水的雄文《赤壁赋》《后赤壁赋》《念奴娇·赤壁怀古》，也写下摇曳动人如小窗月色的《记承天寺夜游》。

一株枯木，借文学，使自己在坎坷世间压牢了脚跟，也在大江大河大山大野之间，拥有了一种空阔和高度。

从前看画，喜看红花翠叶，喜看瓜果藤萝，觉得人间有如此密集的热闹，生命有如许蓬勃的生气，实实令人爱恋和振奋，不懂得枯木也能入画，不懂得枯木自是风景，不懂得人生难免要经历一段枯木之境。

朋友读《苏东坡传》，读得涕泪横流。是不忍见啊！不忍见千古奇才屡遭摧残，不忍见东坡的脚步一低再低，从长江之滨，到西湖之滨，到南海之滨……他就这样，怀满腹才华，托身于江湖，越走越远。

读苏东坡的《枯木怪石图》，分明见，那是繁华脱尽的冷落萧条，也是一身硬骨冷对攘攘朝贵的傲岸。纵然对门对面是歌舞喧哗，我这里，纸窗青灯，静悄悄别有山河。

还记得童年时，最喜在大寒天去林野看树。乡下那些野生的树们，彼时仿佛都成了枯木。它们片叶不着，独立大地，独对苍穹，不返青，不长高。它们被风雪摧残，被排挤在碧绿的冬小麦和油菜之外，一身清冷遥望春天。它们茕茕孑立，孤单苍老，风吹不语，像落难的英雄。我看着这些枯木，心里好一阵疼惜，又觉得它们威武高大，实在是铮铮有骨气。

石涛也有一幅《枯木图》，画里两株枯木相依，姿态清寒相惜。它们仿佛是阅尽风景摒弃繁华的智者，主动选择退出，选择疏远，选择与萧萧秋风、空旷大地、日月江河为邻为友。

读石涛的《枯木图》，我想起少年时照相，曾倚过这样的枯木。那时上学，春天会路过一片开花的紫云英田，花田里浮动着一层蒙蒙的浅紫，雾气一般在阳光下蒸腾。有同学相约拍照，她们趴进紫云英田里，仿佛跟花儿也跟春天撒娇，拍出来的照片娇媚可人。我那时倔，偏不要花田做背景，而是选了花田尽头的一株瘦弱枯木来倚了拍照。年少敏感脆弱的我，总以为自己也像一株枯木，别人那里春光灿烂，我这里是永远的清秋。

到初夏，经过树下，忽然发现枯木上生了许多叶芽。原来它不是枯死之木，而是一棵叶儿发得迟些的乌桕。

枯，不是衰亡，不是生命终止、永堕黑暗。枯是减法，是生命智慧。那些冷落天涯的枯木，它们有自己的姿态，有自己的立场，它们只是暂时收起绿色，选择缄口不言。

读苏东坡的《枯木怪石图》，我想，那枯木一定也是一株身处极寒极偏之地的树，纹理内还有滚热的汁液在流淌。那空空如也的枝干，不过是一处深情的留白。多难也多智的苏东坡，以白，以枯，说广大，说无穷。

春心不死，枯木逢春才有意义。

火（外三篇）

崔玉松

我妈说，生我那一年雪真大。到底雪有多大，我妈没说，只说生我的那天，黄昏开始飘雪；生我的时候，那个叫翠华的小山村就已经被雪盖住了，外婆开门倒水的时候，根本无法走出门去。

那个寂静的深夜是被我的哭声划破的，不过，我还是没能哭醒村里的人。外婆把剪刀放在火上烤烤，剪下脐带，用破布搽搽、捆好，把我放在火塘边的小床上。我妈满身是血。外婆说，要不是只有她一个人在旁边，她怎么也不敢给我妈接生。

爸爸在牢里，戴着脚镣手铐。他知不知道我的出生，长大以后我也没问过。想来应该知道，我妈一定写信告诉过他，但生在这个漆黑的雪夜，想来他是猜不到的。

外婆不停地给火加柴，想让那间破旧的宿舍暖和点。

外婆说，要不是那笼火，你这个小东西早就冻死了。也就是说，我与火的缘分从一出生就奠定了，这一生自然无法从火中抽离。

读小学的时候，火对学校而言是非常重要的。学校由村里的小庙改建而成，在海坝边的小岩上，与村子一路之遥。每周的劳动课都是到山上砍柴。我们只有在夏天积攒好足够的柴火，寒冷的冬天，简陋的教室才坐得下去，老师才可以安心把课讲完，同学们才能暖暖和和上课学习。那些年，冬天特别冷，杉树上堆满了雪，竹叶上的冰可以一整块掰离，屋檐下吊着长长的冰凌。下课的时候，孩子们都围在教室里的火塘边，挤不进去的，只好坐在木板搭成的凳子上挤，用尽全身的力气挤过来挤过去。虽然手依然冰冷，但身上有了热气，就不会太冷了。

我们的童年、少年时代，都是这样挤在火边度过的。我的家乡是产煤大县，那时候煤没有现在那么值钱，单纯用来取暖做饭。我妈调进城里后，单位上每年会分一些煤炭。我们家的院子大部分用来堆柴和煤，我爸在煤堆旁搭了个猪圈，养了两头猪。人要吃，猪也要吃，煤炭有些吃紧，哥哥打算和我一起，把碎煤渣做成碳粑粑，继续用。我们得去窑坡上背些垚泥回来，掺在碎煤里，用脚踩，踩到煤和泥粘在一起，再用铲子铲到铁盆里，在院里盖出一个个黑色的大粑粑，烧的时候用火钳从中间夺开，分小再烧。

不知道烧了多少煤，也不知道做了多少个碳粑粑。爸妈终于把我们养大了。

我分到一个三线厂工作，那个时候，对那个躲在山沟里的大厂我没有一丝的好感。虽然师傅很好，三个女儿跟我相处得也不错，周末几乎都是在他家度过。但是繁重的体力活根本不是瘦小的我可以胜任的，我常常有一种力不从心的感觉。冷却用的煤油味熏得我吃不下饭，焊工的焊枪喷出的火让我害怕，液压机不小心压坏了我的食指。最重要的是，这里没有火。住单身宿舍、吃食堂，好像不需要火也能生活得很好。可我还是怀念火，我怀念常年炖在火塘边的酸汤，怀念炉子里烧洋芋的清香，怀念一家人围着火炉而坐的温暖和谐。我妈教我们唱儿歌：大雪天，真有趣，堆了个雪人做游戏。围着火炉，我妈开始讲故事：

苏老泉，二十七，始发愤，苦读书，考状元。终于，忍不住跑到厂门口的大桥边，看着轰隆隆的火车像一条火龙“唰”地一下游过，心里暖暖的。但还是落了泪。

有了自己的家，有了液化灶，再也不用生火了，下了班，一摁，火苗就呼呼呼地蹿了上来，很快就能炒几个可口的小菜，倒上两杯饮料，两个人对酌互品。

这样的日子维持了小半年，丈夫调到乡下，我有了孩子。孩子出生以后，我又开始生炉子，那是一种云南特有的煤，因其中间有九个洞，看上去如蜂窝，取名蜂窝煤。我把炉子提到楼下，点燃柴火，把蜂窝煤放在上面烧红，提到屋里，把女儿的尿布衣服掸在椅子上烤，烤干后，把一块干净的大布放在地上，拉平，把烤干的尿布放在布上透凉。

孩子大了，到外地上学，我再也没有生过火，火也似乎从我们的生活里消失了。

爸爸死了，爷爷奶奶、外公外婆也相继离开了我们，年纪轻轻的嫂子也突然病故以后，火好像又回到我们身边。

每年的农历七月十五，我妈总会做很多纸包，纸包里是各式各样的衣服、鞋子，还有大沓大沓的冥币。我们来到离小区很远的地方，找一个僻静的角落，用粉笔画上一个个大小不一的圈，把包好的纸包放进去，点上火。火熊熊燃烧起来，我妈念念有词，多是不要节俭、使劲花、保佑子孙们健康平安之类，再把盆里的菜、汤、豆角一勺一勺泼在圈里。逝去的亲人，在一年一度的火光中被我们思念和祭奠。

而我，那些有火的日子，依然让我怀念和温暖。

星

很多个夜晚，我总是做一个同样的梦。穿一件白色的衣裙，独自一人站在苍穹下。周围寂静无声，黑夜像一张巨大的网，包裹着孤独而卑微的我，夜空里只有一颗星在注视着我。

每次从梦中惊醒，那种凄凉无助的感觉居然紧紧追赶着我，到了现实。我摸着惊魂难定的心，想起梦中那颗星，那是梦中唯一让我感到的光明。我不知道我的生活是不是一直在一片黑暗中，是不是我的内心极度不安或者充满害怕。这样的梦一直追随着我的整个少女时代。在梦里，我不停奔跑，跑到山顶。只觉得背后有人有动物在追我，或者也没有什么，就是有一种说不出的害怕，害怕到我毫不犹豫从山崖上往下跳。醒来的时候，我大汗淋漓。我跟我妈讲我的梦，她总是轻描淡写说一句，长个了。

十四五岁的时候，迷上了一首歌《星》。这首歌总是让我想起我的梦，慢慢地，我把梦里的星和歌里的星连在一起了。唱这首歌的女孩跟我差不多大。她的声音干净清纯，非常适合我那个年纪的女孩唱。不过，那个年代，不是谁家都有录音机、留声机，听歌是一件很奢侈的事。

每天吃过晚饭，我常常跑到爸爸单位的一位叔叔家听歌。他家有一台留声机，我一遍遍听，用笔一字一字记下歌词。由于听得多，留声机的针该放到哪里才是这首歌，我一清二楚。叔叔家有孩子，还有个比我小一两岁的女孩，他们好像不喜欢听歌，吃过饭不喜欢在家，总是在厂区里乱跑。

我也不管他们在不在，有没有伴，他家有没有人。吃过饭我就跑到他家敲门，门一开，我会很礼貌，嘴巴很甜地说，叔叔、婶婶，我想听歌。他们就会把留声机打开，让我听。我一个人坐在角落里听，再也不跟他们说话。叔叔是厂里的领导。有时候，他家会有很多客人，串门聊天的、吹牛拍马屁的，我一概视而不见，把声音调低，安安静静坐在留声机前一遍又一遍听《星》。有时候，叔叔一家人要出门，看我还在，交代我听完歌回家时一定把门关上。

我十六岁离开父母到昆明读书。下了自习，出了学校，从实习厂门前走过，越过铁路，有一大片草坪，我们都叫它大草坪。那里的草又深又壮。想家的时候，我会一个人悄悄跑到这里，躺在草地上，随手摘一根野草咬在嘴里，仰头望着星星。

那时的星星可真多，密密麻麻朝我挤眉弄眼，思乡之情就会得到缓解。有时候，我会闭着眼睛小声哼："踏过荆棘，苦中找到安静。踏过荒野，我双脚是泥泞，满天星光我不怕狂风。满心是希望，过黑暗是黎明。"我忽然特别渴望有一颗星，能够寄托我整颗的少女心，能够引导着我走向光明。

然而，我一直没能遇到那颗星。

毕业以后，我被分配到一个大山深处的三线厂。白天净是满眼的绿，晚上就是寂寂的冷风。宿舍门口是一条长长的走道，我常常拿个凳子坐在走道上看书、织毛衣，看着那层层密密让人窒息的绿。天黑了，我还是一动不动，静静坐着，等待冷风吹出一颗颗亮晶晶的星星。

我瘦小体弱，从小在县城长大，不习惯厂里那繁重的工作，不喜欢厂里那些把厂子弟和外招生，人为地分为两类的人，更不喜欢这个躲藏在山沟里几乎与世隔绝的三线厂。我除了上班没有其他任何活动，枯燥无味、寂寞无聊。我常常把自己关在宿舍，看一些杂七杂八的书。或者把录音机的声音开得很大，躺在床上听歌。

我还会在满月的晚上，悄悄出门，摸上单身宿舍旁边那座小山，仰着头看天上的月亮，一会儿钻进云里，一会儿露出半张脸，像个顽皮的孩子，玩着躲猫猫的游戏。春天的周末，我会买上一些零食，背着包跑到罗桂村后面的大山上，坐在杜鹃凋零的树下看书、吃零食。我总觉得偌大一个厂里，没有一个与我同行的人，也没有一个懂我的人，我感到无尽的孤独与寂寞。我常常在寂寞的夜里，一遍又一遍哼：“星光灿烂，伴我独行，给我光明。带着热情，我要找理想，理想是和平，寻梦而去，哪怕走崎岖险径。”

现在想来，那时的我处于一种极度不安之中。我不明白该走一条什么样的路。车间里机器轰鸣，说话不得不放开声音，大声吼叫。大锤一声一声有力撞击着我的耳膜，一年四季没法穿件漂亮的衣服、裙子，工作服上面沾满了油污，脚上的翻毛皮鞋歪曲变形，肮脏丑陋。

最让人难以忍受的是，我无论怎么努力，总是做不好手上的工作。我磨出来的钻头根本不行，钻出来的孔无论如何也过不了检验人员游标卡尺正负两丝的标准。为了不出废品，群钻一直是师傅磨好，我只管按图纸要求拿来就用。我的内心，有一种说不出的挫败感，我很清楚自己不是做这种活的料，又无法改变命运。

工厂在一个山沟里，抬起头来，只能望见厂区那一片天，让我想起井底之蛙这个成语。我觉得我就是那一只青蛙，再也看不到外面的世界，我感到惶恐、害怕。我选择自学，每晚吃过饭待在宿舍看书。灯一亮，就有人来吹牛聊天，甚至约伴打牌。我只好吃完饭就关灯睡觉，夜深无人再开灯看书，或者借技术组的钥匙到他们办公室看书。

二十多年后，回到厂里，看着山林掩映下的办公室，我忽然有一种后怕，寂静漆黑的夜里，我居然敢一个人坐在空无一人、说话都会有回音的办公室看书，也不知哪里来的勇气。

我想，我是把自学考试当成心底的那颗星，想在它的照耀下找到光明，可是，自学实在不易，我到底没能坚持下去，那颗星星也就这么亮了几下，就隐退了，我又陷入一种空虚惶恐之中。

无聊的时候，我跟着厂里画国画、做根雕的人到山上看风景、刨树根，跟着师傅、师妹到河边钓鱼，到山上挖兰花、捡菌子，和新分来的大学生写广播稿、弹吉他。但是这些，还是没能让我发展出业余爱好，我内心依旧塞满了空虚。

调离工厂，有了家有了孩子以后，丈夫到乡下挂职，我独自带着孩子，忙得不可开交。几乎每天，孩子入睡以后，一个人坐在阳台上，月光像水一样从夜空里淌进来，那种寂寞空虚又像影子一样跟随着我，让我坐立不安。盯着夜空里那颗星，我有些恍惚，我不知道一把年纪了，为什么还在仰望那颗星星，还是没有找到自己的路。

孩子上大学以后，真正闲了下来，我更是无聊。我像只关久了的鸟，一下子打开房门，找不到出路，只得到处乱窜。我想学点东西，打发时间，找点寄托。我想学古筝，又不好意思去古筝培训班，那里的孩子最小的才三四岁。后来，我学过太极，参加过登山队……却没有一件坚持下来。

直到我遇到了文学。

我像一个学生一样每天乖乖写完作业，看着我毫无才气的文字的时候，我的心安静得就像秋夜的月亮，皎洁明亮。当第一篇文字变成铅字时，我感到一种说不出的满足和开心。这种开心是真诚、富足的，我不再为丈夫的夜归耿耿于怀，不再为女儿的远去提心吊胆。

文学让我充实让我宁静，让我知道原来独处是那样踏实。我读书，从书中看世界、通人情。我写字，写身边让我感动心动的瞬间。文学让我俯下身子，关注这个社会最需要关注的人，让我用心走近他人，把自己和他者紧紧连在一起。

生病手术以后，我对未来充满害怕和恐惧，对生命充满了担忧和珍惜。我怨天怨地，愤愤不平，我发现我始终走不出癌症、死亡这个阴影。手术后，左手无法上抬，无法弯腰，甚至无法自己起床穿衣、梳头洗脸。

我对自己充满了嫌弃和憎恶，我忽然觉得一个人无法自理是一件多么让人难以原谅的事。无所事事，更容易胡思乱想。我想到了看书，可是，左手抬不起来，不能翻书。我只能用右手不停划动手机，翻看朋友圈。实在无聊，打开电脑，试着用右手写点东西。我不敢坐太长时间，累了就躺一会儿，起来再写。

这样的重复，居然让我从惶恐中安静下来，把一切交给命运，只管好好配合医生，过好每一天。

每一个夜晚，当我关上电脑，看着窗外那浩瀚的夜空，我再一次想到梦里那颗星。我知道了，文学就是那颗给我希望、让我安静的星。

崩密列的忧伤

站在崩密列门口，我有些悸动。那是一个乱石遮掩的门洞，甚至无法窥探门洞里面的风景，只有一片绿光从洞口透出。

吴哥所有的寺庙，崩密列是唯一没有修缮过的地方。据说，美国有过援建意向，实地考察后放弃了。想来是破损严重，耗资费力吧。

踏着细碎的阳光，走在崩密列的栈道上，我分明感到它的忧伤。这是一种无论如何都想象不出的破败与残缺。所到之处，或者说目光能及的地方，到处是残缺的建筑、断裂的石柱、散乱的石块、顽强的古树、疯长的杂草以及厚实的青苔。

崩密列大约建造于11世纪末至12世纪初，即苏利耶跋摩二世时期，距今八百多年的历史。在时间的长河里，在历次战争的洗礼下，昔日的神寺成了一片废墟，只有树木与它相伴相依、相生相败。一棵棵大树以一种近乎惨烈的姿势，伸出老妇般枯瘦的指头，紧紧嵌进崩密列的每一个缝隙，把自己与崩密列长在一起，生死相依，不离不弃，破败着这座神庙，也稳固了它的存在。

去吴哥，是七年前萌生的愿望，或者说是我一直以来的愿望。我的骨髓里大概天生就有一种颓废的因子，我喜欢一切古老而陈旧的东西，喜欢斑驳的光影和失落的文明。我觉得吴哥的破败斑驳、腐朽沉寂可以理解包容我心里的忧伤，或者说，我的内心或许亦如近千年的吴哥，伤痕累累、死寂沉沉。

真正来到吴哥，是我生病，在北京手术、放化疗之后。

柬埔寨的太阳格外勤劳，早晨五点多就出来了，九点左右已经像正午一样炎热难耐，却无法阻挡我们游览的心。是的，是游览。我承认我是个没有宗教信仰的人，我缺少一颗朝拜的心。尽管偶尔我会到庙里烧香拜佛，尽管看到礼拜日那些佛教国家的人民穿上洁白的衣裙，捧着洁净的莲花到寺庙里敬佛我会热泪盈眶。或多或少，我相信造物者在冥冥之中一定掌管着这个世界，护佑着这个世界里辛苦奔波的人。

可是，在我眼里，崩密列不像是座神庙，却更像一座被遗去的城池。虽然它有过与小吴哥一般大小的规模和风格，也有宽阔的护城河。

此时，它安静地守在密林中，除了那些长满苔藓的残破石雕，几乎看不到宗教的影子。藏经阁也破得不成样子，大块大块长方形的巨石到处都是。与吴哥的其他景点相比，崩密列很静，那些枝蔓缠绕的大树，见缝就钻，见土就长，将根深深地扎进塔顶、钻进墙壁。阳光被树木剪碎，散落在断墙杂石上，让这座古老的寺庙在这炎热的旱季带给人们一丝清凉。

或许就是这种清凉安静让我不再觉得害怕，就像眼前的崩密列，尽管满目疮痍，却没有哀怨，有的只是隐忍、沉默。在沉默中，忍受自己的命运。

崩密列千疮百孔、坍塌破败、斑驳残旧，游人可以在这些断壁残垣上翻爬跳跃，可以在它满身伤痕的回廊残石上来回走动。这是一座没有采取任何保护措施的古迹，不知道这样的破败能隐忍到什么时候。

树在生，庙在败。源源不断的生终于掩盖了逐渐破败的庙，树用根须、用枝蔓箍紧了庙的墙体、回廊，保住了庙的形象，让这座庙变成废墟却永远不死。

崩密列是安静的，燥热的心会感到安宁。崩密列是包容的，包容着树的猖狂和肆意，也包容着八百多年的风风雨雨。崩密列也是无奈的，它留不住曾经供奉的湿婆神，也无法护佑许他的子民免遭涂炭。那么，崩密列也是忧伤的，当繁华不再，辉煌渐去，只留下坍塌破败、一片狼藉。

死是自然的，破败也是不可避免的。生生死死没有穷尽，辉煌破败只是一种交替。没有哪个王朝可以永恒不变，也没有一种生命可以永远不衰。生与死是一件由不得自己的事，我们欣喜地迎接新生，却又无奈地面对死亡。

很多时候，我们觉得死亡是一件很遥远的事，每天辛苦劳碌、宵衣旰食。尽管对失去亲人的人，我们会报以同情，却无法深切感受他们的疼痛。当自己的亲人离世，我们会感到悲恸伤心，随着时间的推移，又会慢慢习惯，渐渐麻木。

在生命面前，还有什么东西让我们心动和挂牵？细细想来，也就是情了，对母亲的反哺，对女儿的牵挂，对帮助过自己的所有人的感激，对兄弟姐妹们的担忧。然而，这一切都必须依附于生命，没有生命，情又有何用？

哲人们都说，死亡是一件司空见惯的事，生和死是无可挽回的，芸芸众生在出生的那一刻就注定了死亡的结局。崩密列的神灵或许就附着于这些如蛛丝一般缠绕在它身上的大树上，如凉风一样散落在林中的阳光上，护佑着这些树、这些草、这些断壁。次第变换，却永远长存。

吴哥的每一个遗址前都有注意事项，印象最深的是：不要给孩子钱和糖果。这让我对这个贫穷的国家感到尊敬。是的，不要让孩子养成不劳而获的习惯，不要让孩子用自己的贫穷理所当然地换取同情，更不要让孩子为了几颗糖果而逃学。在柬埔寨的这些天，我一直严格地谨守着这个规定。走出崩密列的时候，一个四五岁的女孩对着我用中文唱起了《两只老虎》《我爱北京天安门》，我的心里涌起了一种难言的温柔。我忽然觉得，这些孩子就是繁衍生息的树，是崩密列得以保存、延续的根基。

欧阳修在《唐华阳颂》里写道："死生，天地之常理，畏者不可以苟免，贪者不可以苟得也。"既然怕死的人不能侥幸免死，贪生的人也没法侥幸活着，不如像蒲松龄那样乐观看待，"何必生之为乐，死之为悲"。

为"荷"而来

印象中，曲靖是没有荷的，想要看荷，大多选择文山的普者黑。

女儿上小学的时候，去过一次。从曲靖出发，途经师宗，摇摇晃晃到达丘北，在丘北住一晚，第二天一大早再开车前往普者黑，来回得三天。由于时间没有掌握好，去的时候荷花已经谢了，荷叶初黄，荷花凋萎，只剩下莲蓬昂着头，笑我们不懂季节，来得太迟。

再见荷花，就在麒麟水乡了。

夏天到了，朋友圈全是荷花的身影，爱花的我被那些漂亮的图片弄得心痒起来，赶紧留言，问是哪里的花。

我没有想到，离曲靖中心城区仅五公里的沿江，居然有上千亩的荷花。那究竟会是怎样的一种景象？我的脑海里忽然蹦出“小荷才露尖尖角，早有蜻蜓立上头”“接天莲叶无穷碧，映日荷花别样红”“采莲南塘秋，莲花过人头”这些诗句，我仿佛看见满塘的荷花扯着碧绿的衣裙随风摇曳。

今年夏天，气候异常，全然没有酷暑之感，反倒像黛玉姑娘的眼泪，稍有不悦就淌下来。两个月了，就没有一个完整的晴天。我着急起来，看荷的心就像青苔遇到雨，忽然疯长起来，再也等不到天晴。我找了一个周末，带上伞，往水乡赶去。

麒麟水乡，该是麒麟区最平整富足的一块沃土了。朗目山巍然挺立，静静守护着它。南盘江、白石江、潇湘江缓缓而流，温柔地缠绕着它。水乡不收门票，喜欢走路的，可从荷塘中间新修的路上慢慢前行，一边走一边看。不想走路的，可以买上一张船票，坐上船舫从河道上经过，看绿柳倒影、水波荡漾。

我选择坐船。

船上坐满了人，说是几家人相约前来看荷。孩子们叽叽喳喳，吵吵嚷嚷，随着水波一惊一乍，对着河岸指指点点。我占了个船头的位置，对着河道拍照。天有些暗，缺少光影，景色有些沉闷，没有我想象中碧波荡漾、灵动清澈的样子。河道不长，宽窄不一，穿过几座形态各异的小桥，告别河边的杨柳，船靠岸了。

岸上是休息的场所，有人摆摊，卖水和零食。孩子们开始雀跃，在人群里挤来挤去，在摊子面前指点挑吃。四周都是荷，荷花从亭亭的荷叶下面探出头来，打量着这个世界。一下子，分不清是荷看人，还是人看荷了。人多，到处都是，穿着汉服的、裹上旗袍的，在荷前做着自以为最美的姿态，摄影师举着相机左右移动，快门咔咔咔按个不停。年轻女孩，捋了捋头发，抿抿嘴，挤出浅浅的酒窝，憋出尖尖的下巴，开始自拍，毫无忌惮地做着各种表情。小孩的眼光根本不在荷上，四处张望，开始耍赖，饿了，累了，走不动了。爸爸哄，妈妈骂，爷爷奶奶提着孩子的东西，紧张地盯着孩子。

荷塘周围有栈道，有的还在建。干活的民工赤着脚站在泥塘里，不停往外挖淤泥。荷离人一米左右，无法亲近。想来设计者深谙周敦颐爱荷之精髓，更是他的同道中人吧，刻意把荷与人远远隔开，真正成了“可远观不可亵玩焉”。我对着一朵初开的荷花，把镜头拉到最大，荷变得模糊起来，没法拍出荷的神韵，对那些扛着“长枪短炮”的专业摄影师羡慕起来。

天不晴，没有太阳，朗目山变得朦朦胧胧，无端生出几分神秘，像一幅浓淡相宜的水墨画，心甘情愿做了荷的陪衬。

后面的人源源不断跟了上来，让你感觉独自占着一朵开得很好的荷是一种犯罪。好的东西不该独自欣赏，更该学会分享。于是转身往精品荷花园走去。放眼一望，层层密密的荷由近向远延伸，眼所能及，都是荷，不免有些得意。朱自清《荷塘月色》里那片荷塘我去过，从清华大学西门往东走一百来米就是，一片巴掌大点的荷塘被作家写得那么美，要是朱老先生尚存，看到麒麟水乡的荷，会不会再写一篇荷？

云更暗了，白云几乎没了影，变成铁灰色，低低地朝荷塘压了下来，好像它也受不了荷的引逗，想下来细细欣赏。下雨了，今夏的雨就这么任性，想下就下，不想下也下，让人摸不着头脑。我急忙朝水上飞机服务中心跑去，这是唯一可以避雨的地方。

雨终于下了起来，雨滴大而急，无边的荷塘顿时笼罩在雨雾里。雨一滴一滴从荷叶上滚下，落入荷塘，就像随手剥开的莲子丢进簸箕，跳来跳去，最后终于安静下来，颇有大珠小珠落玉盘的意象，只是雨无音，珠有声。

窗外的人好像没有我这么怕雨，依然打着伞在荷塘边逗留。此时，雨中的荷变成了背景，衣裙鲜艳的人成了主角，在绿色的雨雾中显得格外醒目。定下心来，才觉得这个城市到处是景、到处是人，人让景变得灵动鲜活，更让景有了存在的意义。

这些年来，生活好了，吃得饱、穿得好，开始追求一种更高层次的东西——精神生活。这种追求是符合美国心理学家马斯洛的需求层次理论的，人在满足生理上的需求和安全需求以后，就开始追求更高层次的东西。或者这就是这些年国人旅游热的缘故吧。人活着，除了衣食住行，总该追求一点精神、灵魂方面的东西。一朵花、一根草都有自己的姿态和形象，也有生命和精神，更何况人？比如荷，无论在文山还是在曲靖，无论有人无人，它总是努力绽放，祥和、宁静，不急不躁，顶得住风雨的侵袭，受得了人们的赞誉，蝴蝶翻飞、蜻蜓踩踏、蜜蜂采蜜，一切淡然处之、坦然对之。

周敦颐总觉得荷好像很委屈，生在淤泥之中，所以感慨它出淤泥而不染。其实荷的生长开花，全靠这些淤泥，如果不是淤泥给了营养，想来也没有荷的亭亭玉立吧。如此，荷该感谢淤泥才对。很多时候，人也应该懂得感恩、学会回报才对，不该刚吃完奶就骂娘。有荷看，就该感谢种荷者的辛劳，不该对荷花品种、荷塘大小、等船不便指指点点，牢骚满腹，而把一次美好的游玩变得愤愤郁闷。

夏天的雨总是来得快、去得也快，胡思乱想间，雨，停了。阳光像要撕破云层钻出来，却无能为力，只好把霞光从云缝里挤。天空变得诡异起来，金色、红色、白色交织在一起。这一切都被水乡的水看在眼里，装进怀里。湿淋淋的枝条迎风一晃，水跟着一动，泛起了阵阵涟漪。天空中的云霞变得有些模糊恍惚，慢慢往云里躲。荷更显得清秀端庄，红红火火，粉粉嫩嫩，就像刚出浴的姑娘，越发标致清秀。还有铺在水面上紫的、黄的、白的、粉的睡莲，像天空滴落的雨滴，一闪一闪的，还泛着光。

千亩荷塘交错的路上，抱着孩子的，牵着老人的，陆陆续续往回走。还有很多人急急忙忙往里走，人来人往。傍晚的荷塘依然游人如织，都是为“荷”而来，在一花一叶之上，寻求休闲，找寻寄托。

一条名叫沘江的河流

李智红

沘江在云南省怒江州兰坪县境内的流淌，并不波澜壮阔，也不惊心动魄。奔腾，浩荡，滔滔，轰鸣，这些与一条伟大河流有关的词语，并不适用于沘江，甚至与沘江毫无关联。在滇西一带，沘江的存在十分寻常，她甚至有些不起眼，潮汛有涨有落，河水时清时浑。尤其是在经济相对发达的金顶地界，她更加显得无足轻重。

但是，这又是一条实实在在的、极其重要的河流。

说她重要，是因为她不但是中国西部最著名的三条河流之一澜沧江的一级支流，她还是生活在兰坪境内二十多万人的母亲河。

我对这条河流最初的了解，缘于河流下游一座并不著名的电站。这座20世纪70年代末期兴建的、以这条河流的名字命名的小型电站，曾经用它并不强劲的电能，让我在一个名叫永平的小县城，大部分的夜晚都有昏黄的灯光照耀。因为我所生活的小城，正好离这条河流的下游不远。一座名叫大栗树，上半截属永平所辖、下半截为云龙治下，山地中种满核桃树、山坡上种满生态茶的村庄，与河流相依相偎，沉静而古朴。

我一直认为，沘江在兰坪县境内的流淌，始终充满一种诗意的浪漫。尽管截至目前，也还有许多的外地人，不知道有这样一条美丽的河流存在，但沘江并不是为了让人知道她的存在才发源，才流淌，才不舍昼夜。她的存在，是兰坪这片大地的选择，是澜沧江的选择，而且是唯一正确的选择。她是大自然为了恩泽这片土地而创造的，是上苍对这片土地的恩赐与垂顾。两岸的土地，因为她的浇灌而富庶。五色的花朵，因为她的滋润而芬芳。伟大的澜沧江，因为她的投奔而更加壮阔浩瀚、源远流长。

沘江的发源地，是一座名叫羊路山的、并不巍峨但却布满翠绿的谷地。在兰坪，像这样的翠绿谷地，数不胜数，多得像普米人放牧的羊群。它们翡翠一样地分布在这块大地上，或生长冷杉，或生长苦竹，或生长云南松，或生长山杜鹃，或生长麻栗、水冬瓜、野核桃，间或也生长滇金丝猴、水鹿、野猪、岩羊、麂子、狗熊、白鹇、山鸡以及飞鼠、翠蛇、挂蜂、蓝蚂蚁等稀缺少见的大小动物。丰富的生命类别，组成了大地的植被、画面、线条、各种美丽的色块，壮观的局部，犹如印象派大师的画布。同时，也造就了老君山的生物群落的丰富性、多样性。就是这些谷地的存在，使兰坪这块特产铅锌、矿产开发如火如荼的土地，依旧保存着蓝色的天空、白色的云朵、和煦的清风、新鲜的空气。就是这些谷地的存在，使我们这些对工业社会充满敌意的环保主义者，对矿坑密布、厂房林立的兰坪，依旧保持着好感，满怀着尊重。至少，在保护生态、规避污染、自然和谐这些关乎科学发展、可持续发展的重要环节，兰坪人还是清醒的。

沘江能否算是一条江呢？我以为，不算，至少在她到达白石镇的金鸡桥之前，不能算。在兰坪境内，她还在缓慢地成长，江是她义无反顾奔向的目标，是她最终的归宿。即使进入云龙县境，她也只是具备了一条江的雏形。但无论旅途如何艰辛，无论流程如何曲折，江，她终将抵达。那是一条真正的江，一条来自青藏高原最高处的、伟大的江。在兰坪的西部，这条名叫“澜沧”的大江，由北向南，昼夜流淌，像一头沉郁的狮子，让人敬畏。

在兰坪，沘江不过就是一条小溪，一条有着小小落差的、缓慢而活泼的小溪。她所流经的地方，除了中国最大的铅锌矿金顶，多是一些浅显的山谷，一些朴素的村庄，一些或丰腴或瘦弱的土地，一些或平坦或凸凹的田野。偶尔会有一朵云，或者两朵云，有时还会是三朵云，很多朵云，倒映在沘江的河汊里、坝潭中，然后又漫无目的地变幻或者消失，天空中弥漫着一种拉斐尔式的光辉，掩盖了那种深邃到骨子里的湛蓝。倒映在河水中的云彩，有着难以比拟的形态感和体积感。这些变幻的云朵，让这条河显得无比深邃、相当邈远。遇到雪帮山冰消雪化的季节，她也会掀动起一些不大不小的波澜，乳白，像舞蹈或歌唱着的珍珠。但更多的时候，她的流淌是温顺的、平和的。我曾在初夏，在一个阳光灿烂的正午，看到过这条河的另一幅景象：她的水流被阳光普照着，远远的，一条白练，蠕动在城镇与田野之间，像精心镶嵌在山川与大地上的一根白银。

初夏的沘江，清流潺潺，水面的波光琐碎而无序。有一些青苔正在清流中梳理绿色的长发。有一些水生物正在快乐地成长。有一些芊小的芦苇正在静悄悄地发芽。有一些无名的水草在河滩上鲜嫩。沿着长满茇茇草的堤坝往下游行走，我就贴近了沘江的身体。没有风的时候，我几乎能听见她的絮语，水波轻巧地喧哗，浪花明媚地涌动。堤岸与河水之间，是丰茂的水草。那些密集的水草，相互交叠，显示出一种葱郁的缠绵。堤岸两边，除了小镇、村庄，还有大片地块，红壤，种满杂交苞谷，覆盖着地膜，一垄紧挨一垄，阳光下，白光耀眼。成林、成片的果树，吊挂着密集的青果，与一些房屋挤挤挨挨地布排在一起。浓绿，淡绿，青绿，间或白的墙、青的瓦，褐色的木房子，形成许多或明或暗、明暗交织的饱满的色块。在大画家塞尚的作品中，我曾见到过如此风格的景象，明亮与阴暗相互重叠，让人心情舒畅，然后青花瓷般沉着。

沘江的岸边，除了水马桑、羊勒树、野蔷薇，偶尔也会有垂柳随意而散漫地站立，婀娜，缥缈。有风吹动垂柳的头发，便感觉有嫩绿的音符跌落，溅落在清冽的水面上。这些美丽的音律，只有生长在沘江河中的那些小小的水木耳能够倾听，只有幸福地歇息在柳荫深处的拉磨虫、黄豆雀能够倾听，只有一根水草细小的脉搏能够倾听。

沘江有许多藏而不露的支流，人们多叫她们小溪，但我更喜欢把她们叫作山泉。这些数不胜数的山泉，蠕动在森林里，在灌木丛中，在石头缝里，甚至是在草根枯叶之下，细小，甜美，绵长。点燃松枝，用古铜壶将山泉烧开，可以冲泡出最好喝的兰坪绿茶。

在沘江河畔的金凤梨园山庄，我还体会到了这条河的特殊味道。香醇。甘美。隐忍。内敛。被山泉滋养着的山庄，种满大片的凤梨，枝柯交错，青果累累。果树的空隙，是盛开的蔷薇，是爆开的牡丹，是洒满阳光的木房子，是爬满紫藤的青竹篱。两只黄鹂歇脚歌唱的李子树。一只松鼠每天悠然漫步的橡树林。浓荫。鸟语。鎏翠。绯红。空气清新。和风拂煦。我们坐在果树的浓荫下喝茶、嗑瓜子、聊天，听人介绍金顶镇的发展情况。我以为，这的确是一个怡然、清爽的好地方。这一天的午饭，是金顶镇政府做东，就安排在山庄的一所木房子里。山庄的菜，很好吃，都是平时难得吃到的特色菜，有蕨菜炖腊猪脚，有收藏了两年的腊火腿，有山药清炖土鸡，更有树花、树头菜、蘑菇、杜鹃等野菜。这些生长在罗古箐、富和山大森林中的野菜，走了很远的路，依然保持着森林鲜嫩、清新、甘醇的气息。还有一道很特别的汤，是用山泉、精肉丝、白牡丹花瓣汆汤。李时珍的《本草纲目》里，有“赤花者利，白花者补”的记载，山庄的厨师以白牡丹花瓣汆汤待客，明显看重的是“白花者补”的功效。我曾听说过，牡丹花的功效，是活血养阴，益气润燥。也听说过用牡丹花做菜的，什么牡丹溜鱼片、牡丹炖里脊、牡丹爆鸡丁等，但亲口品尝牡丹菜肴，这还是第一次。

上述种种，都让兰坪的沘江，看上去显得非常丰富，非常瓷实。作为一条即使在滇西也并不怎么著名的河流，沘江不能承载太多的历史和人文的负荷，但作为兰坪县境内一条重要的河流，她的存在，她的流淌，她的宁静与沉着，她的丰腴与明快，都是一种美，一种纯粹的、朴素而厚实的美。大美无形，亦有形，水之美、山之美、诗意之美，一如沘江之美，若隐若现。

烟雨狼渡滩

淡墨

狼渡滩位于甘肃省岷县闾井镇东部，距镇区12公里，306省道横穿而过，总面积约63平方公里，平均海拔3200米，是定西市唯一的一片高原生态湿地。

——岷县采风手记

生长在南高原的我，对于北方的草原，无限神往，听说要去狼渡草原，心里别提有多高兴了！可天公不作美，我们还在出发前往狼渡草原的汽车上，那雨就淅淅沥沥的，不断地下，好心情一下子就潮湿了。这狼渡草原的天气，那真是“山荒潦积千年雨，地僻风欺二月天”啊！

走进浪渡滩，就走进了迷迷蒙蒙的烟雨，就走进了无边的惆怅……狼渡滩的烟雨，如梦如纱，大地朦朦胧胧的，此时放眼狼渡滩，倒有那么一点雾里看花的朦胧美了。天公好像是憋足了一口气，不吭声，不咳嗽，不挥舞闪电的利刃，不催生雷霆的炸弹，只一味地阴沉，一味地缄默，一个劲儿地阴霾。有时我倒喜欢阴霾，不喜欢黑暗，黑暗藏匿罪恶，阴霾朦胧诗意，阴霾里埋藏受伤的心情。阴霾是意象的收藏家，烟雨蒙蒙的浪渡滩让人心生许多想象，这冷冷清清的浪渡草原，倒让我觉得这是一个李清照写《声声慢》的那种凄凄惨惨戚戚的背景，是文人落魄的地方，是少女失恋的地方，烟雨中我总觉得有一个女子在小声地呜咽，有忧伤无声地漫过狼渡草原。

烟雨中的狼渡滩，虚中有实，实中有虚，像一幅印象派的风景，一首朦胧的诗。烟雨中，狼渡滩的风很轻柔，雨丝很细，细得听不见声音，细得如烟似雾，如丝如缕。这时的雨，沾衣不湿，这时的雨润物细无声。这样的雨要是在江南，那是一定要冠以“杏花春雨”的称谓的，这种时候，我想一定会有一个十分纤细的女子，打着一把小花伞从乌镇的石拱桥上走过，那红红的旗袍，犹如一枝艳艳的桃花，纤纤的小手轻轻地转动着小花伞，轻轻地旋转着江南不温不火的春天。也许，你还会无意中走进戴望舒的

《雨巷》，染上丁香的芬芳。然而，在狼渡草原，一个特写的“狼”字把草原表现得十分野性，把狼渡滩呈现得十分荒凉！

狼渡滩，说“滩”，没有驻足的高山流水。浪渡草原，说“草原”，这儿的草很浅，看不见“风吹草低见牛羊”的景象。此时的狼渡滩，没有自在飞花轻似梦，只有无边丝雨细如愁。狼渡滩啊，漫山遍野都是雾，这里的雾很博大。雾，是奶大露珠的母亲。为了那个潮湿的老太阳，小草流着眼泪一直从梦中哭醒。凄凄迷迷的冷雨，淋得草原的心都凉了，所有的词语都浓缩成一个字：冷！

一阵风把雨丝吹弯。

唉，一个让风婆婆哭泣的地方，一个让太阳感冒的地方。

在蒙古包的圆顶上，那首哽咽的牧歌是无论如何也晾不干了。

一个潮湿了情感的日子，一个相思发芽的日子，每一片草叶上都悬挂着透明的忧伤。小草啊，你穿着那件薄薄的绿背心，该怎样去抵御这高原上的寒冷？

这些浅浅的小草，这些荒凉的小生命，早就没有了“风吹草低见牛羊”的豪兴，只浅浅的，薄薄的，紧贴泥土，紧贴大地。这狼渡滩的草，有一种表达被压抑，有一种热情无法冲破寂寞，那些未被烟雨收藏的牛羊，像一串十分直白的句子，也就不会再有那种若隐若现的诗意了。这狼渡滩的草，一抹似有若无的淡绿，被漠视，被践踏，被蹂躏，那细细的腰杆要何时才能挺起尊严？狼渡滩，暗藏着伤，却把痛苦紧紧地搂在怀里，一屁股坐着一“苦”字，却表现得好像什么事都没有，好像一切都十分正常，刻骨铭心的淡定，以淤泥的心态去承受黑暗，沉默，沉默得让人心疼。

但还好，这狼渡草原没有浮躁的尘埃，没有粗俗的污浊，连牛粪都散发着草原特有的芬芳。狼渡草原，一年又一年，依旧提起精气神，顶着寒冷，努力着尽量不打哆嗦，照样在草原上开放羊奶奶花，开放蒲公英花、打碗花，开放金黄的蕨麻花和白晶晶的野草莓花（在这里，柔弱的开放是多么美丽）。这些小小的花是述说生命的符号，是生命站在高原上的独白，是美站在恶的胸脯上庄严的发言！那么浓重的雾都笼罩不住它，那么寒冷的凄风苦雨都抹不掉它，海水一样漫上来的野草没能覆盖它，一种“嘟嘟嘟”地不断冒出来的精神。

是的，一年一度的野草莓还是在这里抖抖索索地开花了，这花纤弱得像一个乡村小女子，不敢放肆，只抿着嘴浅浅地笑。但天要下雨娘要嫁，生命的铁律从不被时间改写，瘦瘦的小白花开了，瘦瘦的小白花终于结果了。那是冷漠和残酷无法抹杀的生命精神，野草莓宝石似的，红红的，闪亮在草滩上，成了狼渡滩最抢眼的亮点。而那些蘑菇呢，一朵朵从草滩上无声无息地冒了出来，神秘而又自然，圆圆的，白白的，倒有些像这草原上浑圆的禅意，想说破什么，但最终又没有说破什么，始终恪守生命的天机。

2800米的海拔，冷！牦牛黑得像这草原上一缕悲伤的灵魂。但浪渡滩那些黄的白的小花呀，还是星星点点地散落在草原上。这儿的小花小草怯生生的，谨小慎微地行事，细声细气地说话，有点不敢抬起头来。在狼渡滩，索取和奉献都是十分卑微的。这里没有长着肥厚叶子的高高大大的树木，花朵中也没有骄人的国色天香，这里的小花小草没有幻想、没有奢望、没有野心勃勃的扩张，一切都是平常心，一切都十分低调，没有夸夸其谈的虚伪，没有大红大紫的张扬，平实如这片高山草地。这儿的小草小花活得十分艰辛，活得十分仔细，是被大自然折磨后的缠绵和坚持。在狼渡滩，连这草滩沟堑里的流水，都像是在踮起脚尖走路，屏声静息的。它流淌，却不张扬自己在流淌。它歌唱，却把情感憋在自己的心里默默地歌唱，从不为了炫耀自己去设置急流险滩。狼渡草原，积淀着一种平凡的小草精神，忍耐、卑微、倔强、坚韧，活在被忘却里，奉献在被忽略里，所有的生命都抢滩最低处。

浪渡滩，柔软。

像高原上的一艘草船，尽收时间之箭。

不管你怎样为狼渡滩感叹，但狼渡草原的内涵却像这里倔强的、多物种的存在一样，是丰富的。狼渡草原是一本打开的书，它有一帧永不褪色的绿色封面。书里的字迹虽然潦草，虽然漫漶，但它有泥沼晒不干的墨色，是荒原狂浪的大手笔。书里就用荒草般的草体书写着一个关于狼的神话。据说这里到处都是深深的泥沼，到处都是诡秘的草滩，许多英雄的意志和勇敢都在这里陷落了。大自然铺设在人生道路上的泥沼，爱情困在这里，希望搁浅在这里，开拓在这里受阻……羊过不去，牛过不去，马过不去，而据说一只狼将身子腾地一跃，过去了。所以这一片广袤的泥淖才被当地老百姓起了一个阴冷诡秘的名字：狼渡滩！但此后，那个神话的身后依旧是无边的泥沼，依旧是深深的苦难。因此，狼终究没有成为英雄，狼的故事终究没有成为狼渡滩的史诗和图腾。后来，时间的车轮旋转到了 1935 年 9 月，有一支穿灰布军装的军队勇敢地从这里穿过，狼渡滩曾经用它全部的阴险和歹毒去阻止这支军队，但罪恶的埋伏仅仅抓住了几只穿破了的草鞋，仅仅缴获了几截吃剩的皮带。可就是这几只穿破了的草鞋和几截吃剩的皮带让狼渡滩的灵魂陡然亮了，狼渡滩精神陡然博大了起来。生命在死亡上书写了一页光荣的历史！狼渡滩，不再萎靡！

狼渡滩，一本写着柔弱也写着刚毅的书。小草精神和人性的光辉同时在这里升起一轮温暖的太阳！

一阵风，吹散了狼渡草原上的阴霾。

大爱之水

杨卓成

高原的季风如约而至。立春后，醒树的山风一天紧过一天，吹得山坳呜呜作响。尽管今年的山风依然强劲，却无法如同往年的春风一样，将满山遍野的绿色吹醒。六十年不遇的大旱，是自有气象记录以来最严重的干旱，秋、冬、春和初夏连续四季的奇旱，终于使这块充满生机的红土高原，一下子变得如此沉闷。

沿曲靖至胜境关的高速公路前行，中途拐入一条便道，富源县那个山巅之上的小村子便可仰视了。正午的阳光直射在血红的土地上，反射出了一道炫目的光泽，幽幽地在山岗上飘荡，聚成了一股舞动的灼浪，缓缓地往天空升腾而去，整个大地都仿佛在燃烧。

我们牢记自己的使命，停车了解旱情，曲靖市万名干部下基层支援抗旱，除送去捐赠的款项、物资外，了解旱情、有效地组织抗旱也许就成为我们的重要使命了。

我们踏着蓬松的红土前行，由于水分蒸发严重，原来坚硬的土埂已变得十分松软，一脚踏下去，马上便出现了深深的脚印。我们沿着那道坎坷的陡壁下到谷底，昔日流水潺潺的小溪早已全无踪影，现在只留下了石壁上水流曾经划过的痕迹。

我们在谷底缓缓地前行，谷底那丝隐隐透着的湿润使我们感到兴奋。我们小心扒开一堆堆干涩的沙粒，刨出一个坑。静静地等着，细密的沙缝中竟然渗出了一颗颗水珠，水滴在光的照射下色彩斑斓，一点点膨大，最后竟然汇成了一根细细的彩带，向着那个浅浅的小坑缓缓爬去。

小坑中的水慢慢聚拢起来，沿着坑的四壁奋力向上攀爬，不一会儿，我们已能从坑中捧起凉丝丝的清泉。我们将水送进嘴里，涂在额头上，尽管喝进嘴里、涂在额头上的水仅仅是一点点，但我们早已感受到那泓泉水的甘甜、清凉。那种特有的味道，我们终生都不会忘记。

山岗似乎还在燃烧，透过眼前那一股股升腾的热浪，眼前的一切景物仿佛都在抖动，起伏的山岗在忽远忽近地抖动，成片的林木一会儿倒地，一会儿又奋力地挣扎着爬起来，沟沟壑壑不停地变化着走向……

眼前的景物使我们产生了幻觉，但这种幻觉似乎又是真实的，是我们在期盼、焦虑、疲惫、自信的情绪状态下产生的感情流露，是一种经历着煎熬与理性渴求的自我慰藉。

我们将眼光探向了天空中那道让人战栗的蔚蓝，这颜色是那么透明，却是透明得一望无垠，留驻不下一丝丝的雨滴，仅有的几朵细小的白云在一望无际的天边游荡，我们不知道白云何时会滑到我们头上，不知道哪朵云彩载着雨滴。

从大地探向天空，又从天空寻回大地，我们的眼前，幻化了的景色继续出现。在不远处那道血红的山梁上，我们隐隐看到了一片盛开的小白花，小白花满满地占据了一个缓坡，簇拥着朝坡底流去。

我们惊呆了，仔细地分辨着这片象征着生命的小白花到底是现实还是幻觉。我们怀着十分矛盾的心理朝那片小白花靠近，既担心因为我们的视觉差错，将其他东西误认为小白花，打碎我们对于生命、对于希望的那种渴求与尊重，又害怕那道山梁上开着的果真是小白花，如果真是那样，在这灼热的空气中，在这滚烫的红土上，这些美丽的精灵如何经受得了这严酷的煎熬?

我们驻足于那片小白花之中。小白花开得正艳，蓬松而圆润，如同成熟至极的蒲公英。一片片细长的带刺的叶片依次排列，从根部一直延伸上来，小心地护卫着那一朵朵亮丽的小白花，任凭烈日灼烤，劲风摇曳，依旧开得那么灿烂。

我们感慨万千，在这久旱的渴望雨水的季节，我们总想把这种不起眼的小白花当作生命的礼赞，去赞美她的坚韧、她的顽强、她对未来的那种希冀与乐观。我们真想大写这小白花，她毕竟给予了我们许多启示与象征。

我们久久不愿离去。鲜花与烈日、绿叶与灼浪竟然会形成如此强烈的反差。恍惚中，我突然记起了富源县回隆村那位非常健壮的青年人。那年在村前的山上修水库，他就指着那一朵朵盛开的小白花对我们说："开挖土方的时候，可将这种叫马刺根的植物移一移，开春以后，无论放到什么地方，马刺根都会盛开一片，既涵养水分，粗根还可做菜吃，是非常好的东西。”

晃眼间多少个秋冬过去，尽管时过境迁，但关于马刺根的那一番对话，回隆村当年出工出力修筑小水库的情景，在这特殊的环境中又一齐涌了出来，让人想淡忘都不能。

我们在仔细回味回隆村那个碧波荡漾的水库，洁白的云彩映在水中，如同云朵托起的天池。无数的水鸟贴着水面在飞翔，两只小船牵挂在岸边，为的是有时用它去水中巡察一下。担水的妇女总是早晨和傍晚才从水边走过，闪动的身影倒映在碧绿的水面上，如一幅优美的山水画。

我们这样在烈日下冥想着凉丝丝、清澈见底的湖水，总有些望梅止渴的意味。不管是精神的，还是现实的，只要感觉到，就是一种享受。冥想中，我们竟然听到了水流声，一泓亮丽耀眼的清泉果然从山顶的沟壑急涌而下，将透骨的清凉与湿润洒向土地。

我们一齐飞奔过去，将脸和手深深埋在水中，深切地感受这幻化的现实和现实中的幻化。一切都是真实的：凉丝丝的沁人心脾的泉水!

随着泉水的流动，在那醉人的流水声中，我们一行人静静地肃立，对着回隆村深深地鞠了一躬，尽管此时的水资源非常稀缺，可回隆村还是按照县委、县政府的规划，合理调配水资源，定时给下游焦渴的土地送上泉水，确保生命的延续。

顺着水流滑过的小溪，眼前依然是绿荫一片。我们知道回隆村虽然守望着几年前修好的水库，但在这特殊的干旱年景，他们依然在节水，在限制每人的用水量，为的是将那节俭下来的清泉，连同抗旱的勇气与希望奉献出来。

我们的眼睛湿了，也许是因为感动。在困难中，人的品格最能彰显。在危难时刻，人的灵魂坦露得最为直接。我们还需要说什么吗?

抗旱最需要的是一种精神，一种品格，一种勇气。在这些崇高的村民面前，在这凝聚大爱的细流面前，这里肯定会绿荫一片。

他留人

海男

艾略特在《四首四重奏》中说

在转动不息的世界的静止点上既无生灵，也无精魂，无去也无从；在这静止点上，只有舞蹈，但是无止也无动。可别把它叫作固定不移。过去和未来就在这里会合。无去无从，无升无降。只有这个点，这个静止点，这里原不会有舞蹈，但这里有的只是舞蹈。我只能说，我们曾在那儿等过，但我说不出在哪儿。我也说不出待了多久，因为这样就要把我纳入时间。

时间在他留山的路上

他留人——彝族的支系。他们住在他留山上。去他留山必须经过六德村公所，永胜县地名志中介绍说："乡政府驻六德塘，在永北镇东南30公里处，海拔1800米，沙谷区、山区、半山区，辖8个村公所，89个自然村，68个村民委员会，2349户，12610人，其中傈僳族5800人，彝族支系他留、六德、纳咱4411人，苗族18人，汉族2381人。以驻地六德塘得名。”

车从六德村公所门前经过，天空中飘动着几块黑云，浮动了一下又消失了。一路上我们看到了他留山上层层的梯田，正是插秧的季节，梯田的存在使我们上去的路显得像是一座迷宫，我的感觉是有依据的，在一个已经稍纵即逝的、已经变成传说的他留山上——那些已经散架、已经被一场战役毁焚的城堡之中，因为不可分割的人与建筑风格的需要，我已经听说过：在遥远的他留山古城堡之中的迷宫似的小路上——如果你进去，就很难朝外走，那些可以走出来的人是因为已经深入到城堡的建筑玄念和与人不可分割的那种隐秘和梦境之中去。我最想见到那些城堡之中的迷宫，因此我带着我的身体，我的脚，我的耳，我的眼，简言之带着我的容貌走在了他留山的路上。他留山有过古城堡存在的历史，也有过古城堡消失的历史，他留山有青春棚，有古墓，有粑粑节，有消失在朦胧黑暗之中的精神和物质的神话世界，有他留河、梯田，有在一个既已明确又需要猜测的世界中所追忆的那只营盘驻守的古城堡，所以我看到了车子沿着他留河向上盘旋而去，我急于想进入里面，我想看见第一个他留人。

出现在眼前的第一个他留人是牧人

牧人正带着羊群蹚过他留河，每一条河流在无法回忆梦境之中类似人的出现，我们在打雷、闪电、堕入持续性的旅行之中时往往会追问一个不合逻辑的问题：我们从哪里来，到哪里去？而那个牧羊人的出现不像是偶然的，他必须率领他的羊群在太阳照射在他留山河床上时——准时地蹚过河流。在这样的时刻，我同样在追问这个问题：第一个闪现在我眼前的他留人是一个牧羊人，那么他的家在他留山的哪一座房子里，他蹚过他留河以后又会到哪里去？他留河并不是一条著名的河流，它那潺潺的流水绕几个弯仍然哗哗地流个不停，它只是他留山枕边的一条河流，它只是每一个日夜都有因世界设置出的越来越模糊的现实梦境交织出的一种简化的历史，一种像个人一样醒来又睡去的历史。所以，那个他留山的牧羊人已经蹚过了河流，那群羊已蹚过去，有时候，我永远也无法弄清楚呈现流动状态的河流会不会因为时间的流动而改变方向，如果他留河因那个牧羊人而改变方向，那么它又会流到哪里去？

营盘村

我就像迷恋蝴蝶在庄子的梦境中这一意象一样在这个被移动朝前的日子里，清晰地靠近了营盘村。这个村庄因为一支古代盘踞在此的军队而命名。营盘，即在那个潮湿的雨夜。据说，那支军队进入这里时确实是一个下着蒙蒙细雨的夜晚，我明白可以在这场夜雨之中寻找到这支军队的存在了，雨夜是一个可以再现瞬间的时刻，那支军队来到这条山脉，就像他留人一样寻找到了不再离开的理由，第一个理由就是：在那样一个潮湿的、下着蒙蒙细雨的午夜，每个人的身体和沉重的行囊都无法移动，每个年轻士兵的眼前都交织着一座移动的花园和圆形的水池，在这座花园中有可以驻足的时间，在那座圆形的水池边有系着麻绳的水桶；第二个理由是当时的历史背景而论，在他留山可以建立一个城堡，在富有一系列历史根源的传说之中，一座古城堡的产生与当时的传统现实有一种灵魂的联系，那支军队降临在他留山，意味着高斗光，人们叫他高土司，在传说之中，他潜进了营盘村，将他的统治领域扩建为显赫的古城堡。高斗光文武双全，在营盘村发现了既是天堂又是迷宫的营盘地段，使明末清初的那个夜晚格外重要，这个重要的月夜使高斗光决定驻留此地，就这样，那支军队盘踞此地之后，一座城堡就在营盘村浮现出来了。

焚毁的城墙

诗人艾略特告诉我们："如果你到这里来，不论走哪条路，从哪里出发，在哪个地方或哪个季节，那都一样：你必须抛开感觉和思想。你到这里来不是为了证明什么，教诲自己，或者告诉什么新奇的事物，或者传送报告。你到这里来，是到祈祷的地方来，俯首下跪。祈祷不只是一种话语，祈祷者头脑的清醒的活动，或者是祈求呼告的声音。死者活着的时候，无法以言语表达的，人们作为死者能告诉你：死者的交流思想超乎生者的语言之外是用火表达的。”19世纪中叶的那个夜晚，是一个异常干燥和闷热的夜晚，他留山上的古城堡中飞着硕大的蚊群，当蚊子在黑暗中吮吸营盘军人大腿和手臂上的血液时，战争就这样开始了，每一场战争都意味着血腥的厮杀，一座城堡的大门被当时的箭镞——被黑暗之中飞来的成千上万支锐利的箭镞所穿透，每一支箭镞击倒一个人，一个人身体深处流出一股股红的血液。在那个夜晚，杜文秀义军麾下的大将军虎应龙、都督刘应贵手下的成千上万锋利的箭镞就这样将他留人的城墙摧毁。用火焰点燃古城堡的那个人，不知道是谁，传说中没有他的故事，焚毁城堡必须先找到火焰，必须首先把城堡的灵魂——城墙焚毁，那个人也许最善于摧毁一切城墙，所以他寻找到了他留山的原始取火武器，寻找到了他留山上一根根干燥的火草，只需用火草摩擦干燥的石头，就会产生火焰，就这样他留山的古城堡开始燃烧起来。在那个充满金光闪闪的箭镞以及血流成河的夜晚，火焰迅速地蔓延到古城堡中去：女人和孩子们纷纷逃亡，大火之中的迷宫闪现出了一条条求生的道路，他们踏着火蛇般的道路，有的人跳入了水池，有的人潜进了他留山的原始森林之中。

现在，我已经用手去触摸那一道道焚毁的城墙，在这里寻找不到一个牧羊人蹚过他留河水时的那种雀跃的旋律，似乎在这触摸之中我已经感受到了那些干燥的火草，那块摩擦着火草的石块将一个焚毁城墙的事实展现出来，那个人也许是一个挂着伤痕的大兵，也许是一个将军，总之，火焰可以焚烧任何不可抵抗的东西，火焰可以把一个貌似离奇的面孔改变。我的手指触到的是瓦砾、石块，它们仍然保持着那个有刀剑、咖啡、茶叶、美女、旗帜、土司衙门、钱币、圆池、旗帜、勋章、魔鬼的世界。城堡之中的历史已经被焚毁，然而我仍然感受到了脚步声，有或轻或重的脚步声向我袭来，轻的脚步声来自女人，来自那些城堡之中的美女；而重的脚步声来自巡夜的士兵，他们的脚落在城堡的石板小路上……

士兵的露天浴场

水已经干枯，流进这斜坡的水筑起一道泳池，在传说之中古堡里的士兵不能接近圆形水池，更不能在圆形水池外浴身，那些在雨季中筑起了沟池的士兵就是在我游泳的地方浴身的，在那些干燥难耐的夜晚，守候这座古堡的士兵赤裸着身体跳进这座水池沐浴时，他们的目光和身体闪烁着想毁灭于梦中的那种欲望，他们无法看见主宰梦的神，所以，他们便赤裸着身体站在他留山的青苔之下，在水草的缠绕之中让自己干燥的心灵凉爽起来——我坐在这座已经废弃的水池旁，心灵滋生的那种忧愁和感伤像裸露在水底的石头那样不知想超越到何处去。不错，我的肌肤感受到了燥热的石头，我们的手可以重现当年的古城堡之外的这座水池深处那些年轻士兵寻找不到灵魂的那种焦虑——所以他们发明了蓄水的小溪，发明了用石块围起来的他留山的露天浴池——但这仅是当年的士兵们一个短暂的浴池，他们的幻梦尽管凉爽但却转瞬即逝。我坐下来眺望着远方，如果我出生在他留山，我会听见当年风啸的历史，此刻，我在假设如果出现一个这样的细节：那个午夜，那个干燥难耐的午夜，一群年轻的士兵在劣质酒中踉跄着走近这座露天浴池，他们在令人绝望的燥热中慌乱地脱衣服，那些军服折磨着他们的身体同样也折磨着他们的梦境，他们将衣服抛在垒起的石壁上，就像之前的每一个夜晚一样，在他留山的一座露天水池之中寻找回家的路，当一支支锋利的毒箭从黑暗干燥的热风中穿过松枝刺进年轻士兵们的心脏和脊背时，他们以为是生命之中那无形的铁栅碰疼了自己的身体……刹那间，鲜血喷涌而出，到处是飞舞的毒箭，在这座露天浴池，有无以数计的毒箭在那次战役中——使有关城堡的故事变成了一部秘密的、散发着血腥味的书。从那以后，这座露天浴池——再也没有小溪的水流进去，它在一年又一年的干燥之中终于被暴雨洗涤干净了毒气和殷红的血迹，它结束了自己的使命，再也没有面对历史再现出一座露天浴池的原形。

荷的一生

顾晓蕊

荷叶伞

初夏的黄昏时分，暑气渐消，一方荷塘边，成了村里人纳凉的好去处。

从田间荷锄归来的乡民们，坐在塘边的大柳树下歇脚，扯会儿地里的活计。还有村民捧着粗瓷大碗，蹲在塘边的青石上，边吃边唠着闲话。几个妇人端着木盆，在塘边洗衣洗菜，那欢快的笑声，仿若水花迸溅开来。

他们大声地说笑着，目光时不时地投向荷塘。一塘青青的荷叶，一片牵着一片，一波接着一波，有深绿、浅绿、碧绿、墨绿。那一汪汪绿意，盈盈闪耀，恣肆汪洋，淌在他们的眼中，漫进他们的心里。

而这时，劳碌一天的母亲，搬着个矮凳子，来到塘边坐下来，趁着夕阳未落，赶着缝衣绣花。她安静地绣一会儿，抬头望望荷塘，彩色的丝线在她手中轻盈穿梭，一针针，一线线，绣出荷叶田田，绣出鱼戏莲间。

一群孩子在荷塘边玩耍，他们绕塘追赶，嬉笑打闹，身体轻盈如一阵风。有胆大的孩子，猛地跳下水，悄悄游到另一处，探出个脑袋来，头上顶着一片荷叶。

我那时大约五六岁，性情有些孤僻，喜欢独自在荷塘边玩耍。我俯下身子，用手掬起一捧水，洒在荷叶上。顷刻间，水变成一粒粒透亮的水珠，骨碌碌地翻着滚儿，在荷叶上来回滑动。

阵阵徐风拂过，一片片圆圆的荷叶，在风中轻轻摇曳，宛若飘扬的裙裾。颗颗水珠从荷叶上滚落，掉进水塘里，如碎玉般飞溅开，荡起圈圈涟漪，惊得塘中的鱼儿四散游开，倏然没入水底，不见了踪影。

不知何时，一轮皎月升起来。每个人的身上，都披上淡淡的月光，却仍不舍得离去。在月光的笼罩下，荷塘也披了一层薄纱，隐隐约约，更显得幽美恬静。

母亲唤我回家吃饭，我匆忙扒拉几口，又回到了荷塘边。如水的月光下，荷塘里蛙声一片，此起彼伏，好似舒扬动听的乐曲。母亲搬出了竹椅，我歪躺在椅子上，听着高高低低的蛙声，进入酣甜的睡梦中。

我最喜欢的还是雨天，夏天的雨说下就下，我在屋里坐不住，趁妈妈不注意，独自溜出来，跑去荷塘边。我折上一枝碧绿的荷叶，双手高擎着，像撑着一柄大伞，沿着荷塘走，眼睛却望着满塘的荷叶。

雨飘飘洒洒地落下，敲打在阔大的荷叶上，声音清越脆亮。千万颗跳动的雨珠，来来回回地滚动，忽聚忽散，似在叶上跳着舞。荷叶被雨水冲洗过后，愈发青翠透亮，宛如一把把碧玉般的绿伞，密密层层，铺满了整片荷塘。

我围着荷塘走着，痴痴地眺望，手中那一把荷叶伞，被风吹得歪向一边，雨水打湿了我的衣衫。我感到丝丝凉意，用力握紧生有小刺的荷梗，朝家走去。

到家后，我将那把荷叶伞随手丢掷在地上。母亲正在烧火熬粥，她回头看看被雨淋湿的我，语气轻淡地说，去换身衣服，别着凉了。

我换好衣服，从里屋走出来时，见母亲已将我丢弃的荷叶捡起来。她温声说道，扔了可惜，刚好用来做荷叶粥。

母亲将洗净的荷叶，撕成小片，覆盖在煮得半熟的粥上，继续慢慢熬煮。待粥煮好后，揭去荷叶，粥呈淡绿色，透着荷叶的清香。母亲给我盛了满满的一碗粥，我捧着碗，咕嘟咕嘟地喝了下去。

母亲惯常以荷叶入食，做荷叶饼、荷叶菜，又或是熬制荷叶茶。她说荷叶是一味良药，能够清热去暑。有年夏天，我患上暑热病，咳嗽不止。母亲用鲜荷叶煮水，再调入蜂蜜，我每天喝一碗，连喝十余天，病也就好了。

喝完了粥，我咂咂嘴，觉得口里仍留有余香。我歪着头想了想，忍不住问母亲，那一塘荷，是从哪来的呢？

沿着时光的藤蔓，母亲的记忆又转回到三年前。那是一个明媚的春日，父亲从部队探家回来。他围着水塘转了几圈，一到家，便对母亲说，池塘这么闲着，还不如种上荷花，再养些鱼，那该有多好。母亲一脸欣喜地点点头。

父亲扭身出门，来到邻居大根叔家，大根叔是村支书。父亲说出他的想法，还说藕种和鱼苗的钱，全由他来出，到年底了，长成的莲藕和鱼儿归村里，给村民分了，让大伙过个好年。村支书听后大喜，当即慨然应允。

第二天大早，父亲起床后，赶了三十余里路来到省城。他掏钱买了一背篓的藕种，又将挑好的鲢鱼苗装进木桶。父亲背着沉沉的竹篓，怀中抱着木桶，沿着曲折难行的小路，就这样一路走了回来，到家时外面已暮色沉沉。

次日，父亲跳进水塘里，整整忙乎了一天，将藕埋入泥中，又把鱼散进水里。到了来年初夏，片片青碧的荷叶，挤挤挨挨，铺满了水塘。

说到这里，母亲话语忽一转，幽幽地叹道，这些年，你父亲很少回来，可他的心里，一直牵挂着家。他这样做，也是想等你长大一点，有个嬉耍的地方。

我想了又想，却怎么也想不起父亲的模样。盖因为，父亲是一名海军，常年驻守在海岛，偶尔回来一趟，在家住上十余天，又匆匆地返回。在我幼小的心灵里，我对父亲的印象，其实是遥远而模糊的。

由于父亲常年不在家，家中没个顶事的男人，在乡村，免不了受到轻侮与嘲笑。也因而，我不愿跟村里的孩子去玩，宁愿一个人待着，就像一朵孤独的流云。

隔了不久，我跟着母亲随军来到海岛。随后的很多年间，父亲经常出海执行任务，这一走便是两三个月，我们仍旧聚少离多。我和父亲，犹如两岸，中间隔着一条隐秘的河流。以至于那些年间，我从不曾唤过他一声爸爸。

又过了些年，我到海岛外上初中。那是暑假的一天，几个同学相约去郊游。

我们乘车去到城郊，遇见一大片池塘。映入眼帘的是绿云般的荷叶，婷婷盛放的荷花，如同秀丽的水彩画。同学们都被这份美丽惊到，纷纷下了车，他们大声地惊呼着，欣喜万分地跑过去。

他们在荷塘边流连徜徉，轻嗅着荷花的香气，欢呼雀跃，连声赞叹着。有位同学伸手拉住了一片荷叶，弯着身子，站在荷叶下，扭头笑盈盈地对我说，看，荷叶多像一把伞！

我站在一旁，心中一阵怅然，觉得这情景似曾相识，想起萦绕在心底的往日时光。

原来这些年，我绕绕转转，穿行在岁月的阡陌里，只为有一天，与旧时光劈面相逢。我这才恍然间明白，故乡的那一塘清荷，所留给我的，是一段充满馨香的童年记忆。

我又想到了父亲，那深沉无言的父爱，宛若一把荷叶伞，为我撑起一方晴空。而我，却是在多年以后，才终于读懂父亲的心。那一瞬间，我默立在荷塘边，任由眼泪淌落下来。

荷花香

年少时，父亲教我读《诗经》，印象最深的是这两句：“彼泽之陂，有蒲菡萏。有美一人，硕大且俨。”因而，后来有很多年，我一直觉得，荷花之所以空灵幽美、芳香四溢，是因为有从《诗经》中飘逸出的风韵。

何其浪漫的一首诗，被吟咏了数千年。而那一朵菡萏，穿过春秋的烟云，被秦汉的明月照耀过，沐过唐宋的清风，浴过明清的苦雨，然而流风余韵，竟也延绵至今。

一朵朵菡萏，静伫荷塘，娉娉婷婷，挺立在水中央。千百年来，它卓然挺立的身姿，透出不馁不屈的傲骨，被无数文人墨客，相传咏赞，写进平平仄仄的诗行里。

在古诗词中，荷花有很多别名，又叫芙蓉、菡萏、芙蕖等。而其实，荷花含苞待放，半开未开，是为菡萏；而盛放的荷花，则称芙蓉、芙蕖。

在我看来，菡萏，是荷花最美的状态。花未全开，欲语还羞，恰似一位花季少女，水灵灵的，又鲜亮又饱满。那是一个女子最好的年华，朦胧的情愫萦绕心底，有了丝丝缕缕的念，偏不说出来，只当是个藏在花苞里的梦。

赏荷最佳的时间，应在花未全开时。菡萏尖尖，只开了一半，留一半待开。尚是一个花骨朵，透着玲珑、莹润，揽水自照，不胜娇羞。况且未全开，是给岁月一份留白，对于爱花人来说，便有了憧憬，有了想象，有了期待。

我痴爱荷花，故而夏日的周末，常常是，清晨天亮即出发，搭车从城东去往城西，来到一个湿地公园。我背着相机，跨越半个城，只为了去湖边赏荷、拍荷。

我沿湖自东向西而行，看到荷花一塘接着一塘，绵延十余里，俨然是一片花海。

起初，烟波浩渺的湖面上，一枝枝菡萏初绽，花苞微拢，含羞带怯，似藏着欲语还休的心事。那一塘花苞摇动，荡起一湖的心事。我静立于湖畔，竟不敢大声说话，唯恐惊扰了那一苞苞小小的晶莹的梦。

一湖荷花中，也有性子急的，已开七八分，似有心事藏不住。恍若怀春女子，遇见一个清风明月般的人，刹那心动，刹那沉醉，有了朦朦胧胧的依恋，欣然地凌空而舞，展露清芬的情怀。

我沿着湖边走，边走边拍照。一只蜻蜓飞来，头朝下，倒立在荷尖上，迎风展翅。如果运气好的话，还会遇见翠鸟。一只羽色绚丽的翠鸟，立在荷头，侧身回望湖面。它发现湖中小鱼后，会俯冲入水，叼起鱼，重又飞到荷花上。

我还当真拍到过几次，一只翠鸟长嘴衔着小鱼，立在一枝荷上，宛如诗画般美。不过这也要靠机缘，有时，我在湖边转悠好半天，只为拍一张绝美的荷鸟图。

隔上几天再去，一塘塘的荷花，浩浩荡荡地盛开了。千万株荷花齐绽，婀娜娉婷，吐蕊露芳，满湖的芳华溢香。一朵朵盛放的荷花，是那么高清雅洁，暗香袭人，简直美得惊心，偏又不自知。

荷花生在淤泥中，却质本洁来，纤尘不染，自有一种超然遗世之美。它经过风，经过雨，依旧倔强地挺立着，是何等的凛然、决绝以及清醒独立，活得唯我又忘我。

随着父亲转业，我们全家搬到这座小城。近十余年间，我一次次地来到湖畔，久久地徘徊并四处张望，与荷对视，对荷轻语。只因为，它使我想起遥远的故乡，想起老屋门前的那一个荷塘。

很多时候，乡下的日子，是简静的。可村里人多，村邻之间，免不了会有纷争与纠缠，事稠得像树上的叶子。可当他们来到荷塘边，望着一片片盛放的荷花，细嗅着幽幽淡淡的香气，那些不快，有时就在一瞬间消散了。

但还是有例外的，那是许多年前的事了。有一年夏天，父亲从部队回来，坐在塘边与人闲谈。忽闻有人疾呼救命，水性极好的父亲连忙跑过去，跳到塘中救人。少顷，他双手扯拽着一位女子，将她拖上岸。

父亲这才顾上细看，被救的女子是金枝，她散乱的湿漉漉的头发间，竟还沾着几片荷花瓣。塘边已经围了许多人，从众人的议论中，父亲知道了事情的缘由。

金枝是本村的姑娘，两年前，嫁去了外村。她跟夫家闹了气，偷偷跑回娘家来，父母好言劝了几句，性子倔拗的她，又跟家人吵了起来。羞愤气恼之下，她跑出去，一不小心跌进了荷塘。

幸而，父亲听到乡民的呼救声，及时将金枝从水中救起。在大家的极力劝说下，低头嘤嘤哭泣的她，在家人的搀扶下回了家。

又过了许多年，偶尔听母亲提起此事。她说自那件事后，那么性烈的一个人，忽地改了性子，成了柔柔水水的女人，跟换了个人似的。村里人都说，是荷花的香气熏染了她，使她变得温柔、平和。我听了以后，心中暗暗称奇。

现在想来，这或许是因为，荷花又叫莲花，莲与怜谐音，有慈悲之意。在荷花清郁香气的涤荡之下，身心犹如被洗过一般，令人看淡得失，放下计较，内心也就变得柔软清静。

前几日，文友韩冬红寄来一幅荷花图，微卷的荷叶，含苞的花蕾，画面疏朗清俊。她是一名警察，而生活中的她，却自有一种婉约清雅的气质。她懂荷、惜荷，闲时尤喜画荷。她也同我一样酷爱文学，且又情倾荷花。

诚然，世上还有许多爱荷如痴的女子，我相信，她们都有着相通的气息。她们的内心必然安宁素静，怀着一颗慈柔的心，热爱这缤纷的人世，热爱一切美好的事物。

我只想，做一个如荷的女子。任凭尘世纷扰，依然简单自持，静守一份安然、一份清宁。唯愿此生素心若荷，一路行走，一路捡拾岁月的美好，让每一个平凡的日子，都散发出幽远的清芳。

莲子苦

那年盛夏，我去往苏州游玩。这日，我进入一处园林中，园中处处是亭台楼榭，小桥流水相绕。转了许久后，临近中午，热辣的太阳吐着长舌，猛烈地炙烤着大地。我已是热汗淋漓，脚步沉沉，以致无心再游，匆匆来到出口。

刚一出来，听到吴侬软语的叫喊声：“蜜汁莲子，好喝又清暑……”吆喝的是一位头戴蓝花布的妇人，她推着辆小车，上面放着个木桶，里面装有莲子羹。

我赶忙走上前去，掏钱买了一碗。我低头看向碗中，饱满嫩白的莲子，用蜂蜜熬制过，还配有朵朵灿黄的桂花。我一口气喝下大半碗，那一股淡香和清凉，即刻沁入心底，渗进了灵魂，令我感觉一阵清爽，燥热顿消。

我用小勺舀起几颗莲子，端详起来。莲子洁白而大，入口香糯软甜。从与她的交谈中得知，此莲子为太空莲子，产自阳澄湖镇沈周村。它的来历颇有些曲折，是普通的白莲种子，搭乘卫星，飞入太空中，经诱变培育的新品种，再由农科院推广种植。

她还说，太空莲长出的莲子，可以生吃。从刚采下的莲蓬中，掰出的青莲子，皮薄易剥，吃起来味道清甜，口感爽脆，故而又被称为“水果莲”。

我听了后，感觉奇异至极。想来，那些神奇的莲子，从太空中穿越而归，在一方水塘中安家。它隐身水下，寂寂地生长，开花结子。要不了几年，迅速地蔓延开来，满塘青碧，莲蓬累累，带给乡村无限希冀。

莲子又名莲实、莲肉、莲蓬子。在游走中我才发现，很多的苏州老店，都用莲子煲汤或者煮粥，既满足苏州人挑剔的味蕾，也给每一位品尝过它的外来客，以心灵清凉的抚慰。

在儿时，我也曾吃过莲子，只是那时觉得它味苦微涩，并不喜欢吃。故乡的老屋门前，有一大片荷塘。荷花初绽时，嫩黄的花心，是莲蓬初生。而后，随着荷花的花瓣凋落，莲蓬呈淡绿色，逐渐成熟后，会结出饱满的莲子。

记得有这样一个谜语："青草结成一间屋，兄弟十五六，自小分房各自宿。"这说的便是莲蓬。莲蓬也叫莲房，荷花是慈母，怜子尤甚，给每一个孩子，都搭一间舒适的小屋。

我去荷塘边玩，采了几枝莲蓬，细长的茎上，如顶着一只碗。我举着莲蓬，玩上一阵儿，这才转回家中。我慢慢掰开莲蓬，取出莲子，褪去嫩绿的外衣，捏起白胖的莲子，放入口中咬着吃。

新鲜的莲子中，有细细的绿芯，故而，莲子吃起来带着微苦。我刚嚼了几下，又吐了出来，皱着眉说，真苦，好难吃。

母亲听到后却说，莲蓬一身都是宝。莲蓬壳和莲子心，是极好的药，能清心去热。她将剩余的莲子剥出，放到粥中一起熬煮，还说莲子很有营养，小孩吃了补身体、长得快呢。

那时，家中贴有一张民俗画：一个白胖的小儿，扎着朝天辫，身穿红兜肚，坐在青青莲蓬上，怀中抱着条红鲤鱼。画中的孩子，稚嫩娇憨的眉眼间，漫着天真的笑意，有连年有余之意，很是欢乐喜庆。

而今想来，年幼时，那一份童真与清澈，最是可贵。如果岁月可以倒流，我宁愿重又做回卧剥莲蓬的稚儿，守着一方水塘，日子过得简单纯净，带着自然的清新之气。

我曾看到过一则报道，说古莲子沉睡千年，仍可发芽开花，是世界上寿命最长的种子。在北京的圆明园中，有一片莲花基地，池内有数百年的古莲子，经培育后开花。游客纷纷前来观赏，无不为之称奇。

据说是，莲子坚硬的外壳，形成一个“密封舱”，保护胚不受损害，使莲子处于长期休眠状态。待有一天，它被发现挖掘了出来，遇到合适的环境，又复活开花。

我难以想象，一颗古莲子，被深埋地下，在如墨一般的黑暗中，如何熬过长久的岁月。在苦涩又空寂的时光里，它仍怀着一份期待、一份希望，那需要何等的襟怀、何等的坚毅，又是何等的寂寞啊！

如果换作是我，假如我是一颗古莲子，是否能心如止水，一等就是千年？若细想下，答案显然是不能。先不说这漫长的等待，即使不被冻坏，也会被恐惧击倒，更何况还要承受那无边无际的孤独。

然而，一颗古莲子却做到了。在悠长的岁月流转中，它被隔绝于地下，却默默地忍耐，无声地期盼着，没有一丝的游疑，也从不曾动摇过。直到有朝一日，古莲子历经劫难而重生，从沉睡中醒来，终于吐露芬芳。

一颗远古的莲子，看似弱小，却又坚韧无比，拥有顽强的信念，诠释了生命的奇迹。信念之于它，如一缕阳光，使它穿过重重的黑暗，迎来荷花盛开的日子，惊艳世人的目光。

夏末的清晨，我在家附近的街头，遇见挎着竹筐的女子，筐中装有新采的莲蓬，还带着莹亮的露珠。我望着那些莲蓬，油然地感到几分亲近。我挑选了几枝，付过钱后，抱着一束莲蓬，欣然回到家中。

我将莲蓬插入青瓷瓶里，搁置在窗台上。那些青绿的莲蓬，带着清幽的禅意，将喧嚣隔离在窗外，只留下一室的清宁。过了几日，莲蓬有点蔫萎了，我将它们从瓶中取出，小心地剥出莲子。

我将莲子送到嘴里，轻轻地咀嚼。莲子淡淡的甜中，透着一丝丝微苦，清苦之中，又略带着香。接着细品，觉其亦如茶，苦涩过后，还有些许的回甘。

我不由想到，这就像是生活，总会留有一些缺憾，然而，不完满才是人生。我是在人到中年，尝遍世间百味后，才渐渐地懂得了接纳与放下，才从悠悠苦心中体悟到莲子的爱意，以及其这么些年来，藏于岁月深处的禅香。

莲藕情

冬至过后，接连下了几场大雪，白雪覆盖下的村庄，显得格外祥和、安静。积雪有尺余厚，出行不便，为生活终日奔劳的村民，正好蛰居在家，度过一段难得的清闲时光。

而对村里的孩子来说，临近春节，顶盼望又欢喜的事，莫过于美美地吃上几顿。而最想吃的，当然要数莲藕了。因洁如玉，白似雪，其又叫玉笋、玉玲珑，无论是炖菜、凉拌或是煮炸，皆是乡间至味。

那是20世纪70年代末，在当时的乡下，莲藕算得上是珍品，只有过年时才能吃到。且以乡间习俗，“藕”通“偶”，过年吃莲藕，意味着好运连连，有吉祥的寓意。

入冬后，荷塘中只剩枯梗残叶，已是一片萧败景象。而此时，深埋于淤泥下的莲藕，正是采挖的好时机。因而就在不久前，一个阳光晴好的冬日，村里组织一群青壮汉子，到荷塘里采挖莲藕。

男人们跳进冰冷刺骨的水中，探下身去，小心地将莲藕从塘泥中挖出来。女人们接过带泥的莲藕，蹲在水塘边上，在水中来回摆动几下，一节节白胖鲜嫩的莲藕，便呈现在眼前。村里的孩子们，挎着个大篮子，早就机灵地候在一旁，等着分藕。

从水中捞出来的莲藕，由村里按户分配，分成了许多堆，每户村民领取一堆。我把分到的莲藕捡到篮里，跟母亲一起抬回了家。到家后，母亲把莲藕洗净，放进陶瓷缸里，加满清水，她说这样利于保存。

卧在水中的莲藕，如小儿手臂般圆润莹白，小小的欢喜，盈满了我的心怀。我每隔几日便给陶瓷缸换水，心中算着日子，急切地期盼着，年的脚步能近些，再近一些。

到了腊月二十三，也就是俗称的“小年”，母亲要准备过年的美食了。大清早，母亲喊我起来，说是要炸藕盒，我心中大喜，立即起床。我挽起袖子，顾不上水的寒凉，从缸中捞出莲藕，放在盆里，端入厨房。

我蹲在灶台旁，抢着帮母亲烧火。她已切好肉馅，加入葱珠、姜末，倒些调料拌匀。接着她将莲藕去皮，切成两片相连的藕夹，将肉馅填塞其中，再裹上薄薄的面糊。

而后放入油锅中，炸至金黄色捞出，炸藕盒就算做成了。

炸好的藕盒，香气四溢，我眼盯着看，轻咽着口水。母亲怜爱地说，你先吃点，解个馋吧。我捏起一个藕盒，轻轻咬了一口，只觉外皮酥脆，内馅鲜嫩。我连吃好几个，丝丝香气在舌尖回荡。

母亲做了一盆炸藕盒，到了过年时，用来做炖菜，或放碗里一蒸，直接端上席。母亲还留下一些莲藕，用来做凉拌莲藕。凉拌莲藕清脆又爽口，家里来了客人，配上自家酿的米酒，是极好的下酒菜。

几十年的光阴，飘忽而过。如今莲藕已不再是稀罕物了，从入秋以后直到次年初春，都可以买到。我家附近有个菜市场，在这闹巷之中，还会遇到产自各地的莲藕。

苏州的莲藕，因莹白如雪，又称“雪藕”，生吃味如鸭梨，甜脆爽嫩。来自湖南汉寿的藕，明清时即为贡品，嚼无渣，汁如蜜，纯洁雅白，一如美人玉臂，又唤作“玉臂藕”。

一支支纤细的莲藕，藏身于淤泥中，却能在浑浊中自醒，在独处中深思。它不为世俗所扰，不为诱惑所困，懂得与自己安然相处，寂静欢喜。待到有一日，它离开污浊之地，恢复真身，依是风度翩翩、冰清如玉。

莲藕多孔，常见的有七孔藕与九孔藕，七孔藕为红花藕，九孔藕乃白花藕。莲藕是莲的茎，这些孔洞，实为莲藕的“气道”，与外界连通，作为空气的通道。

小小的莲藕，心思玲珑，它虚心中空，连丝带节，自古以来被视为高洁、清正的象征。在喧闹的世界里，活得清醒而自知，不为他人，只为自己内心的平和与喜悦。这需要勇气和智慧，更是一种高贵的坚守，一份从容的心态。

近十余年来，我到各地旅游，尤其喜欢绕行在巷子里，品尝当地小吃，感受温暖的烟火气息。行走了这些年，我发现很多地方美食中，都有莲藕，如桂花糯米藕、莲藕排骨汤、藕粉圆子、莲藕粉丝汤等。

莲藕不但鲜香味美，营养丰富，而且是一味滋补良药，可清热润肺、凉血清心。但我却觉得，人们之所以对莲藕喜爱有加，其背后还有一个原因，那就是一碗浓香的莲藕煨汤，最解乡愁。

记得父亲曾说过，很多年前的一天，他收到一封家乡来信，信中提到这样一件事——

那年逢上大旱，粮食没了收成，夏秋时节，还可勉强靠挖野菜果腹。到了寒冬，连野菜也没得吃了，饥饿难耐的村民，只得跳入荷塘，挖取莲藕充饥。

塘中的水已干竭，村民们在一堆污泥中，挖了一遍又一遍，翻遍了整个池塘。那些水润甘脆的莲藕，滋养着他们，也延绵着希望。他们心存一份感念，又想起那个种荷的人来。

父亲无尽地感慨，发出长长的幽叹，那一塘莲藕，救了一村人的命啊！干涸的塘中，自此没有了荷。一大池塘的荷花，在记忆中隐去。没有荷塘的故乡，似乎缺少了清澈和灵性，这也成了我心里散不去的惆怅。

荷叶的翠绿挺拔，荷花的艳丽芬芳，莲子的仁厚苦心，莲藕的温软情长。这便是荷的一生，依水而生，不落俗尘，风雅有节，清清白白，一切归于圆满。

又到了吃莲藕的时节，在落雪的日子，我做了砂锅煨藕汤。一锅藕汤，经过了两个多小时的小火慢煨。待到汤真正炖好时，闻起来鲜香扑鼻，让我觉得亲切而熟悉。

趁热，来上一碗。一股浓香入口，我心里荡开了花——是家乡的味道！

乡愁袭来，一碗香醇鲜美的莲藕浓汤，是最好的解药。藕断而丝长，丝丝缕缕，缠缠绵绵。我吃得两眼湿润，有泪飞溅出来。莲藕的香气，温润又绵长，带来安妥的慰藉，温暖了我的身心。

云上森林

刘慧娟

生命从不同的方向来，却不约而同地向同一个方向去。呼吸之间，森林是人类最初的记忆，也是人类依赖的殿堂。

——题记

“云，云，看那些云。”

一声兴奋的惊呼，所有视线“唰”地从波浪起伏的草原，转向白云变幻的高天。

是啊！那些云，太不同了，一如干净的灵魂，从未濡染任何俗尘和杂念。无论是平面或立体的，静的或动的，抑或是行走着的，都是那么恣意和纯洁。天空仿佛是放大的蒙古包。而天际线，就在不远的前面，引导着你，指点着你，激发着你，督促着你，启迪着你。感觉走不了多远，就可以一步登上天穹。

这份辽阔，是对尘世只可意会不可言传的涤荡。也让人因为没有生出翅膀而遗憾。我终于理解，生活在这块土地上人们的无畏和豪勇，甚至理解马头琴释放出的舒缓悠扬的琴声。

原来，蒙古族就是仿照天空，搭建出穹隆式的蒙古包。各种绣饰是仿照云彩缝制的，表达吉祥如意。其中的心意、概念，便是人与天地自然之间的无声交谈，彼此存在暗中响应、对接、意会、聆听……甚至互相都能听见唱和时发出的响声，对待事物的看法、观念、态度，以至人为自然赋予的各种含义，大自然都会心照不宣、心领神会。

一

车过牙克石，直奔东南而去。

地貌由草原渐变进入林区，色彩也由单一的绿，转向光彩夺目的多维斑斓。

虽是 8 月下旬，还有金黄的麦子在阳光下翻涌，油菜花开得正鲜艳，不长穗子的青稞，散发油光的绿色。草原长势充分彰显雨水的充沛，一群群牛羊自由地散落在草地上，一派祥和富饶的北国风光。可以看见远一点的草原，却又将绿色的生机折叠起来，打成了一个个草卷，和大兴安岭波浪起伏的地形相呼应。草卷蓬蓬松松的，像裹着无边的想象，有规则地排放进人们的视野。当地人介绍说，那些草卷是用机器卷起的鲜草，放在地里晒干，等到白雪覆盖大地，这些草卷便是牛羊过冬的饲料。偶尔掠过几处红色屋顶的“木刻楞”，诗意地构成一幅幅草原油画，美不胜收。

大美的自然，总会启发和造就具有艺术气质的人。画家、雕刻家、摄影家如此，就连许多建筑大师，也是自然的崇尚者。美国著名的草原式住宅（Prairie Style）设计者弗兰克·劳埃德·赖特的草原式建筑，被人们奉为经典并成为建筑样本，深入反映人类企图回归大自然的向往。但无论哪一种艺术家，都出于对生命的热爱，不只是人类的生命，可能是一幅画，一件雕塑，一棵树，一条河，一座山。但凡我们去欣赏一种事物的时候，只要融入生命的主题，就会有完全不同的感受。

出塔尔气镇往南一拐，一个意想不到的画面冲击了视野。只见层层白云簇拥着不见边际的森林，有的树木隐藏在云雾中，有的站在白云上，你追我赶一起向右移动。不，是整座整座的山在移动。云裹着林，林牵着雾，上连天，下连地，云和树一起滑行，虚实难辨。密密麻麻的树梢，如云海之中的翡翠。当我们越来越接近的时候，各种树木在云雾中渐渐露出，好似悬在半空的天兵天将，又仿佛千军万马，整装奔赴征程。

好气派的云上森林啊！大兴安岭，大兴安岭原始森林，果然名不虚传。

此种场景，真正呼应了著名史学家翦伯赞先生 1961 年应邀访问大兴安岭写的《大兴安岭岭顶远眺》中意境宏阔的诗句：“无边林海莽苍苍，拔地松桦亿万章，久矣羲皇成邃古，天留草昧纪洪荒。”花还在开，鸟还在唱，可是心绪却因林海的壮阔欢腾雀跃。

在触及辽阔庞大的时空一瞬，好多事物全被缩小了，放不下的事情，突然就烟消云散了，所有的纠结，顿时化为乌有。

这一望无际的云上森林，属于绰尔林业局管辖。塔尔气镇是建局于1958年9月28日的绰尔林业局所在地，林区生态功能区位于广袤的大兴安岭东南麓，生态区总面积426580公顷，林地421996公顷，是名副其实的林海莽原。

平均海拔1000米左右的绰尔林区，云雾缭绕，祥云曼舞。雨后的林海，越发显得精神抖擞，所有的树木都像洗刷过一样干净、挺立。灌木和花草纷纷举起风的温暖，兀自招展。相比之下，车辆和行人如同几粒大米，撒在了林间，顿时融进了博大精深的森林梦幻。

森林是宇宙间的智者，有两个主要的记忆：一个是形而上学意义上的，它是人居住的外衣，它的内涵是安全的栖身之地；而另一个，则是人固执记忆的表达，因为，人们总是想回到自然中，成为风景的一部分。

宣传部于霄辉部长是个知识渊博又幽默诙谐的人，林区是他讲述不尽的话题。他深爱林区的一草一木，并对林区资源了如指掌，每每触及某个话题，他都如数家珍。诸如林区国家一、二类保护动物35种；兽类30多种；野生禽类40种；野生植物504种；矿产资源10种，木材资源，山野菜资源，旅游资源，景区“一日四季”的特点；等等。

“绰尔河奔流的地方，是我可爱的家乡。茂密的森林长满山岗，绿星在天空闪着光……”令人向往的诗句背后，藏着的是一个原生态主体。林区弯弯曲曲地回旋着一条美丽的生态河——绰尔河，发源于博林线52公里绰源林业局内，向南注入嫩江。

“绰尔”一词，当地人念“cháo尔”。“绰尔”是一种乐器，形似“箫”，如今属于国家级非物质文化保护遗产。其音色柔和优美，自然浑厚，或悲或喜，或苍凉或欢快。但“绰尔”作为地名时，蒙古语的意思是“富饶肥沃的土地”。

在这块富饶的土地上，绰尔河贯穿绰尔林区，河水蜿蜒曲折，四季滋润着这片森林及绰尔河流域的居民，从不疲倦。绰尔河曾经多次易名。元代叫“朔木连河”，明代称“戳尔河”，清代才叫“绰尔河”。古时还有几个称谓，如“屈利水”“啜水”“啜河”等。“绰尔河”，蒙古语就是“水流穿峡而过”之意。

二

清晨的阳光，拍打着树林及林子里的一切，满树的稠李子、旱葡萄黑加仑、红山丁以及其他各种野果，在晨雾中光彩流溢，森林开始渐渐活跃。各种鸟鸣声、流水声、小动物的“唧唧”声、树叶之间摩擦而发出的“簌簌”声、林间微风的吹拂声，共同汇成美妙的森林协奏曲。

松鼠溜出来了，它举着大尾巴东一头西一头地寻觅食物，“噌”的一下，又爬上了松树，还没等它自己回过神来，又“嗖”的一声跳下跑远了，消失在密林深处。

小石兔机警地从岩石堆里探出头，快速地蹦到林子间的草地上，嘴里叼着一片枝叶，转瞬又钻进了火山岩石的石缝里。石兔的胆子看起来比松鼠小，却比松鼠更精明，也会察言观色。资料上说：“石兔学名鼠兔，形态像鼠又像兔，属鼠兔科。体长 10.5 ~ 28.5 厘米，兔毛呈褐色，生活在高海拔地区，栖息于各种草原、山地、林缘和裸崖。挖洞或利用天然石隙群栖。白天活动，跳跃式跑动。不冬眠，多数有储备食物的习惯。”它们在火山岩石缝里钻来跳去，睁大眼睛怔怔地和行人对望，十分逗趣可爱。你听到的“啾啾”的“鸟鸣”，那不是鸟发出的，是可爱的小石兔发出的。小石兔在 2015 年当选为某景区的吉祥物！听说石兔从此名声大噪，成为众多山林动物精灵中的名角，也因此有了“只有幸运者才会寻觅到石兔的身影”的说法。

大兴安岭有这样的民谣：“兴安岭，森林多，野狼狗熊满山坡。麋鹿狍子碰人头，山鸡雪兔蹿上锅。”大兴安岭的野生物种确实很多，数都数不完。

驼鹿、马鹿、黑熊、猞猁、水獭野猪、孢子等，小的可爱，大的可怖。没想到大兴安岭的野猪，被当地人称为猛兽，野猪最凶猛，即使老虎、狮子都不去惹它。人们对大、小兴安岭地区的野兽排名是“一虎二熊三猪”。野猪、黑熊和东北虎这三种野兽惹不起，一种比一种难对付。以这三种野兽对人类生产造成的破坏程度而言，又有“一猪二熊三虎”的说法。论破坏力，野猪实质上比熊、虎更胜一筹。

野猪喜欢拖儿带女地集体出动，一窝蜂窜入田园或庄稼地里，肆意糟蹋，见啥拱啥。下套子对群野猪不顶用，即便套住一两头，仍然不影响其他野猪继续破坏，很多时候，它们还会凭借蛮力发狠地挣脱套子；下夹子偶尔可以夹住小的，大野猪和孤野猪，往往会把夹子也给带跑，凶狠的孤野猪往往还会主动向人类发起攻击。面对野猪那三四百甚至五六百斤的体重，人们简直是不知所措。历史上，打这样的野猪，用小口径猎枪极难奏效，步枪或霰弹枪虽然威力大，如果一次不能击中野猪要害，它就会“腾”地跃起，血拼到底。那青面獠牙的样子，让人和其他动物胆寒。

黑熊有与生俱来的霸气，它们力大胆大，无所顾忌，林区各地的人几乎都见过黑熊自由闯荡的身影。眼下不知道黑熊什么时候出来，它就像位北方的老朋友，在林子里东逛逛西逛逛。此刻，它或许正在溪边捕捉青蛙和鱼虾、掘食鼠类，也许在掏取鸟蛋或舔食蚂蚁。它还经常盗取蜂蜜，甚至袭击小型鹿、牛羊等。实在没有肉食的情况下，它不得不食青草、嫩枝芽和坚果及稠李子、旱葡萄。反正凭着自己身强力壮，它料想瞎转悠也没啥大妨碍。

前些年，因为砍伐森林，黑熊曾一度迁移不见踪影，现在不仅回来了，而且数量比原来多了，大家开心地说黑熊搞起了涉外恋，还带回了老外媳妇。不用说，黑熊过上了幸福的生活。有时，它还会到护林人家中找吃的。

绰尔林业局敖尼尔三零九管护站的一对护林员夫妻，巡护回来，发现管护站的窗户被撕破，屋里翻箱倒柜乱七八糟，厨房的米面及果蔬被洗劫一空。他们以为遇到小偷了，左思右想感觉不像，最后，联想起附近好几家的牛遭到过黑熊袭击，断定这个不速之客是黑熊。

随后，在离管护站不到 20 米的地方，他俩看到一只又高又壮的大黑熊，正悠然自得地在管护站外转悠呢。夫妻俩一时紧张，都吓出了一身冷汗。怎么办？黑熊是国家保护动物，既要赶走它但又不能伤害它，丈夫急中生智，壮着胆子找来一串鞭炮，抖抖索索将火点着，噼里啪啦一阵响声，黑熊真的被吓走了。等黑熊走远了，他们这才倒抽了一口冷气，此时，身上衣服早已经被冷汗浸透了。

森林停伐，深夜支起撮罗子狩猎的人越来越少。狩猎已经是违法活动，更主要的是人们保护生态的意识越来越强，正所谓认识到“天地为无欲，其宝长存，故能长久；人心有欲望，其宝丧焉”。如今，就连动物们的态度和行动都开始有所转变啦！

于霄辉部长给我们讲了一个很有趣的故事，说是一天早晨，驯鹿饲养点放驯鹿到山上吃草时，突然发现驯鹿多了6只，仔细一数，发现是孢子混进了驯鹿队伍，饲养员虽然心情很激动，但假装什么都没有发生，照样打开圈门。孢子们心里最明白自己是冒牌货，于是率先夺门而出。没想到傍晚鹿群回来时，几只孢子竟然又跟着回来了。孢子抵挡不住驯鹿饲养点舒适的环境和美味佳肴，那让它们有“宾至如归”之感。后来，这些孢子和养鹿人也相处熟了，久而久之，彻底放弃了出走的想法，甚至还用舌头舔舔饲养员的手背，以表示亲热。

也有野生动物拐走驯养动物的事情，曾有一头失踪半年的母猪，半年后带了十几只小猪崽回家，身上的黄色花条纹明显带有野猪的特征。主人高兴之余，得到启发，培养二代野猪，发了大财。后来，邻居们纷纷效仿，大家都为找到了新的致富之路高兴。

至于飞龙、野鸭、鸳鸯、天鹅等动物，也越发感受到人间的温暖，有时候像是家养的一样，经常在管护站附近落脚。前年冬天，护林站还来了一只浑身冒着仙气的白狐，干净得一尘不染，形神脱俗。它像串门走亲戚一样经常来吃护林员端送的饭食。天长日久，它竟然就在护林站后边住了下来，一来二往，人狐相处了好一段时间，一时传为佳话。

三

林区也是天然的植物园。大自然对人类精神的影响非常大，在绰尔林业局敖尼尔林场。我们见到了比吴齐濬《植物名实图考》多得多的植物。

绰尔林业局自打践行了“绿水青山就是金山银山，冰山雪地也是金山银山”的发展理念，连续获得“绰尔大峡谷国家级森林公园”“绰尔雅多罗国家湿地公园（试点）”“中国森林氧吧”“中国慢生活休闲小镇”“中国森林康养基地试点建设单位”等“头衔”或称号。

《塔木德》有段叙述：邪恶的冲动不过是人类的一种秉性，它产生于自然的本能…… 它本质上并不是坏的……它邪恶只是因为它易于被滥用。倘若没有这种冲动，人便不会建房舍、娶妻室、生儿女、干事业了。但是，邪恶冲动必须得到遏制，这样，我们才能把握住自己的生命。

正因把握了自己的生命和命运，林区才具有了葳蕤繁茂的生机和活力，几代林业人的坚守和抗争，使得绰尔河长流不息。眼下虽已入秋，绰尔林区仍是万木葳蕤、千山染绿的盛况。森林植物特有的丰腴，用一片一片、一团一团的绿，舒缓着大地的双眼和神经，可谓“层层青山含碧，滴滴绿水含情”。

在敖尼尔林场的那一宿，我都不知道从何说起，我们像进入了真实的森林童话。夜是藏进树林的暗绿色的帘子，一点点展开、又合上。天地之间，一点点地注入墨绿的清凉的香气，我们裹进了森林之夜的芬芳。空气纯净得令人打战，又大又亮的星星与林区宿舍的灯火连成一片，浑然一体，我们几个就在这样的夜幕下数星星。

“还有两天就是七夕了，看那牛郎星和织女星，看银河多么清楚，这是它们一年中靠得最近的时候。”有人这么说。

可不是吗，天空这时澄明得让人心醉，有久违之后忍不住流泪的感动。

这么多年，只有在童年的夏夜，才见过这么清亮透彻的夜空，一些星座，就是那时依偎在祖母怀里认识的，大勺星、小勺星、大慌忙星、二慌忙星、牛郎星、织女星等。祖母叫出这些名字，都是先讲它们的故事，比如说织女星旁边呈三角的三颗小星星，是牛郎送给织女的织布梭子，留给织女织布用。牛郎星后面的四颗菱形小星星，是织女送给牛郎的榾，是牛耕田种地时用的农具，有个绕口令是这样说的：“女郎扔去织布梭，打了织女脚。织女让给牛郎榾，打到牛郎腚……”

织女星是北半天球亮度仅次于大角的明星，也是北半天球最亮的早型星，它和其他几颗星合成一个星座，叫天琴星座。牛郎星和其他几颗星合成一个星座，叫天鹰星座。牛郎星和织女星是两颗像太阳那样的恒星，能够自己发光发热。

城市化发展进程注定是对生态环境的巨大考验与冲击，当信仰的群体忙着签署拆迁协议并因拆迁款项的分配而纠纷四起时，谁还有精力关注灵魂的寄托？万事万物都有关联，其实，我们每个人都在寻找自己理想的夜空。这样的夜空多少年之后，在敖尼尔不期而遇。

夜幕打开兼容的思维构架，映照林业员工依山而立的住所，道路两旁的一蓬蓬花卉，和林子里野花的香融合在一起，夜的芬芳更浓了。

夜色里远远过来一个人影，彼此立马就喊出了对方的名字，只简单几句对话，便将白天的工作和同事之间朴实的关怀准确传递了出去。那种和谐与温暖，顿时融化了夜风。人和树一样，相互牵连，安宁祥和，有情有义。

林中的夜晚清幽得像一本打开的书，或者是一部内容丰富的典籍，亲切而神秘，斑斓又具体。它有无限个页码，又只有一个页码，钩折撇捺、标点章节都潜藏着特有的密码，让人羡慕又让人留恋、感动。

敖尼尔的清晨，又是另外一番样子。不知该向哪里迈步，每走一步，都会有几种甚至几十种植物掠浮人的脚步。如果想低头拍照，那就沉下心来一直躬身或蹲下前行，因为植物和野花卉的诱惑之手，会牢牢地抓住你的好奇，让你没有反抗之力。

在植物科学与技术专业人员王军和作家何康红的伴随下，我们沿着绰尔河河畔漫步， 我第一次认识了野百合、野玫瑰、野罂粟、野菊花、独活、荨麻、益母草、乌头、珍珠梅、绣线菊、野山楂、花楸、荚迷、升麻、景天、蚊子草、山韭菜、地榆（黄瓜香）等植物。具备开发价值的野生药用植物有 258 种。这些无数次出现在我诗歌里的名字，让我感觉异常亲切，像见到了无比熟悉却又陌生的老朋友，彼此有一肚子的话要交流和传递。

那是一个异常兴奋的早晨，我们的心和着绰尔河的浪花在奔腾，在欢快。

小王细致专业地介绍各种植物的性情、特点、药用价值。他说今年的益母草因为雨水足长势好，市场上正在收，价格是六元一斤。说话之间，猛然就有一大片益母草映入眼帘。我说，这一片就有几十斤，为什么不采了卖去呢？小王笑着说，再贵也不能采。我问为什么，他说益母草目前没熟透，没有结子，明年的益母草需要今年的草籽落在泥土里才能再生长，如果现在采了，很快这种植物就会绝迹。

我不再说话。所有的动植物，不用说都是一个道理，过度采伐和狩猎，就会绝迹。看着平静讲解的小王和小何，我不由生出一股敬意。我仔细地观察了他们，他们每介绍一种植物，都会用自己的手反复抚摩，像抚摩孩子的发丝。有一种植物，小王说刘老师这个你不能碰，我问咋的，他说这个是荨麻，只要手触碰，就会中毒起疙瘩。我立即问是不是像荨麻疹那样的疙瘩？人身上长期有湿寒，就会生出荨麻疹，很难调理，难道是因为像中了荨麻毒之后的反应一样，才叫荨麻疹的？小王说是的，他说荨麻虽然有毒，但用水焯了之后还可以当野菜吃，它也是中药，吃了对身体好。听了小王的介绍，我感觉真的不可思议。

花草三千种表情，一万种心绪，簇拥国医五千年灿烂辉煌的历史，医病救命，不管是有毒的还是没毒的，天生就是和人类的酸甜苦辣、生老病死纠缠在一起的。按照以毒攻毒的说法，越是毒性强的植物，越是能破解最毒的病。好多种植物，有毒又可食用，害命又救命，这其中的密码，只有有使命的人才能解密和破译。它们有鼻子有眼，每一片叶子里，都深藏一个宇宙，深藏一颗悬壶救世的慈悲心。

只要有林，就有花草；有花草，就有中草药。这里所有的护林人，护的岂止是林？

往前走了一段，我们在一棵树上见到了被称为“山珍”的猴头菇，这一次，我才知道美味的猴头菇原来只长在柞树上，也就是我们常说的蒙古栎，可我以前见到的蒙古栎从没长过猴头菇呀，真是奇特。蒙古栎是落叶乔木，少数为灌木，树干奇特苍劲，树形优美多姿，枝叶繁茂。因为经拉片造型后冠如华盖，千姿百态，神韵独具，所以是风景园林、庭院别墅区造型景观精品树种。它材质坚实，纹理细密，材色棕红，供家具或农具用；叶子和树皮供药用。

一股力量催着我一直往林子深处走，我心里固执地想见到一种菌类，那是在地方的早市上见到的一种叫“桦树泪”的菌子。我在想，难道白桦树也有忧伤或者难言之隐？为什么叫“桦树泪”？这个名字让我内心隐隐作痛。

我对白桦树有着天然的好感，在蔡伦发明纸张之前，桦树皮可以用来写字，鱼雁传书。发明造纸术之后，人们又用它来造纸，北方猎人还用桦树皮覆盖在撮罗子上防风保暖……这么善良和有奉献精神的白桦树，怎么会哭？如果不哭，怎么会流泪？

很长时间过去了，我仍然没有见到“桦树泪”，欲速却不达，小王和小何先给我讲了些关于桦树泪的知识。桦树泪又叫白桦茸、华褐孔菌、桦树胆，也是一种菌类植物，生长在桦树皮受伤的地方，吸收桦树浆液渐渐长大，最后导致桦树枯萎死亡。天然桦树泪是淡黄色的透明液体，凝结后会成为暗黄色，是天然保健品，具有浓郁的松香味儿，营养丰富，药用价值也高。这倒没有我担心的内容，倒是这种桦树泪让白桦树最后失去了生命，我认为它不是泪，是一种病，一种无法排解的病。

倒是桦树还有另外一种泪，才真的是桦树的“泪”呢，这种泪是“天然的桦树汁”。我在书上看过，但没喝过。天然桦树汁是一种非常好喝的饮料，也是公认的营养丰富的生理活性水，它是桦树的生命之源，它含有人体需要的多种果糖、氨基酸、维生素、生物素、矿物质等。含有 20 多种氨基酸，24 种无机元素，维生素 B_1、B_2 和维生素 C，多糖和还原糖，因而“桦树汁”饮料具有抗疲劳、抗衰老的保健作用。春天，在白桦树身上割一个口，让桦树汁液往外流，一棵树一天能接一瓶，这汁液，才真正是桦树的泪啊！

这桦树计据说是最具希望的功能饮料之一，又有独特的药用功能，有抗疲劳、止咳等作用，被欧洲人称为“天然啤酒”和“森林饮料”。我听得入了迷，忘记了时间和归途。真是一方水土养一方人。中华五千多年的文明中，除了中药文化本体外，很多载体里，都蕴含着最容易被我们忽视的药性，然而它们却无处不在地疗养着我们的躯体和心智。甚至茫茫人海的人与人之间，谁是谁的药，都是一种可能。

四

阳光洒在树林里，幸福流淌在每个护林人的心里。

一只蝴蝶在空中 3 个了圆，绕过一片香杜鹃，向花丛飞去。和风吹来，高大的蒙古栎叶子微微摇曳，灌木丛小声倾诉着，直到将自己倾诉成为树。远处的鸟或者近处的鸟，偶尔发出几声好听的鸣叫，恍然遥远的梦境，在林子深处移动。整个森林，包括眼前的一切都似真似幻，向实而虚，又向虚而实。

眼下又到了森林三年修剪一次的时候了，塔尔气、古营河、河中、敖尼尔等林场，随处可以看见穿着迷彩服、有着古铜色面颊的护林人。风吹日晒，年复一年，日复一日，他们在没有手机信号的森林里作业，吃干粮，听密林深处的流水声。也许，美丽的绰尔河就是他们的远方和心灵喟叹。

满脸阳光的赵春雨书记热情洋溢地介绍转型中的绰尔林业局，除重点开发林下经济，还注重挖掘森林文化元素。生态文化、锡伯文化、鄂温克文化、蒙古族文化、冰雪文化以及富有大兴安岭特色的森工文化。另有原始森林、火山峡谷、湿地草原、不冻温泉等。可不是吗，良好的生态环境，美丽的自然风光，是绰尔最大的优势。他们一边保护一边开发，传承与创新同时进行，并延展出局限之外的宽广之路。

他们外树形象，参加以“乡村振兴　美丽共享”为主题的博鳌国际峰会，热情地向世界发出邀请，成功地举办了“第二届中国森林碳汇节”，积极推进林业局纳入乌阿海满黄金旅游线，与铁路合作，开通“绰尔号冠名列车”，开通“最美绰尔”抖音。他们拍摄电视剧、创作音乐作品、撰写文学作品，广泛宣传绰尔。他们内强素质，激励职工参加专业技能培训，增强从业人员业务管理素质。

领导班子全力改善职工住房条件，到牙克石市安置职工房子，方便孩子入学接受教育。带领大家脱贫致富，工作深入、彻底。有一户人家是残疾人，工作不方便，家庭比较贫困。于是，领导班子和职工们一起想办法，帮助他们开了个小卖部。宋局长说，不能工作怎么办？根据他们的实际情况，就鼓励他们开个小卖部，油盐酱醋家家总要用的吧，这不，现在这个残疾成员的家庭，也已经完全脱贫了。

宋永利局长端庄内秀，说话时总是面带谦和的微笑。看上去她朴实温婉，讷于言而又敏于行。工作雷厉风行，讲话掷地有声：“绰尔林区为国家经济建设累计提供商品材 803.35 立方米；实现林业生产总值 57.2 亿元；上缴利税 5.22 亿元；完成固定资产投资 22.8 亿元，跨入全国 500 强企业行列……”

登高临眺，绰尔林区万峰俱翠。绰尔建局以来，一批批来自五湖四海的林业建设者，汇聚茫茫林海，一手砍树，一手栽树，用青春热血将这里打造成国家重要的木材生产基地。六十年传承，一甲子的拼搏，创造了务实创新的绰尔精神。

新一代护林人接过绿色接力棒，扎根林海，守护原生态。领导班子坚持改革创新，森林经营质量精准提升，林分结构显著改善，建立三级管护责任体系，责任落实百分之百。宋局长平静有力的话语传遍会议室每个角落：“绰尔林区连续二十二年无重大森林火灾，连续十年无重大森林病虫害的好成绩，森林资源总量恢复到开发建设初期水平，保持了祖国北方重要生态系统的完整性……”这朴朴实实的语言，在我听来，却散发着美妙音乐之声，让人终于有一颗悬心放下的轻松感，我不由自主地向这位女性投去钦佩的目光。

林木之语，非用心聆听而不能解，面对迎面而来的日月翻转，这一片云中森林，以众多的奇珍异宝的身份，与人们直面而视，林木之心，一目了然。

它们与人类彼此爱护，也相互感恩，并将恩泽收藏于心。森林里的每一棵树，都是一个生命，它们和人类一样，明确彼此定位、定向，期盼着安宁，珍惜着风情地貌和人文情思。

绰尔河好似绰尔林区的代言人，它的清溪，滋润着每一株花草树木和每一位进出林子的人。从发源地牙克石到注入地嫩江，起于地之腹，稳而不滞、缓而不速。听历史的心跳，守时代脉搏，任何时候都在精确孕育。什么时候都临世，往往是水到渠成的功夫。这里的山林，纳山之精魂，吐水之灵气，药性的河流，药性的土地，有情有义的护林人。每一棵树都是岁月的见证，都不容忽视地经历了沧桑征伐，每片叶子都清晰地记载曾经某些人、某些事的存在。只是万物静默，在每一个惊险的关头，它们手中总有大自然赋予打败恐惧和困难的勇气。

改革，让内蒙古大兴安岭绰尔林业局经历了一场破茧成蝶的美丽蜕变。从木材采伐到生态旅游，从“独木支撑”到多种经济模式，再到智慧园林等“多业并举”的景象，绰尔林业人拓宽了改革思路，迈开了新的步伐。因为，森林是大自然馈赠给人类的华美给养，人们不能滥用大自然赋予我们的果实。如果我们不够珍惜，责任在我们自己，也只能是我们自己。

邪恶的人受心控制，正直的人控制自己的心。美好的风景属于能征服自己的人。

森林教会我们思考什么，也教会我们如何思考。它以智慧深邃的思想者身份与我们交谈，用始终如一的声音，教我们如何打开宏观视野的同时，也缜密地穿透琐细的生活，让人感觉真实的智慧和触及万物的力量。森林给我们留下了共同的记忆。它是大自然馈赠给人类的一本书，一本经典的书，常读常新。

当我回望那一望无际的云上森林，回想那片原始森林掩映下的一切及护林人，耳畔又一次响起“献了青春献终生，献了终生献子孙”“坚决保持祖国北方重要生态系统的完整性……”的话语。我们在为他们骄傲的同时，也被他们的坚守及精神深深地感动。

哦！大兴安岭，那一片祖国北疆的云上森林，它鲜明的个性特征，将恒久地矗立在我的记忆中。

喇叭花

高兴文

一群喇叭花在老农校的废墟上静静地开了，自由、倔强，无须申报，不需核准，也无人阻止。

我无意中走进它们的世界，在月儿已降、太阳将升的时刻。我随心走着，以散步消磨这上班前早来的时光。这老农校旧址，因拆迁后不许人进去，好久未踏入。虽然被城市的高楼和喧嚣所掩，但自然的力量无处不在。映入眼帘的是半绿半黄的荒草，伸着无数小钩的鬼针草，果上漫射着刺的曼陀罗和一些已记不起名字的植物的花，间或有人见缝插针似的栽种上蔬菜。

走着，走着，才渐渐关注起这喇叭花，童年时最喜欢的小花。

“秋赏菊，冬扶梅，春种海棠，夏养牵牛”，这喇叭花从夏天一直开到秋天。在童年老家村里村外的地埂上，每年都四处开着紫色、白色、淡黄色的花。在各色的喇叭花中，我最喜欢深蓝带紫的那种，蓝得那样深、那样纯，蓝得令人目眩、销魂、窒息，以至梦中偶尔也会出现那样的深蓝色。有时，你会不自觉地摘一朵放进嘴里，细细地品味它那有些酸有些苦的独特的滋味，倘被大人发现了，便会受到责骂，说会造成腹泻。

而这里多的是紫红色，还有一些淡黄色，但总找不到蓝色和纯白色。杂在草与荆棘丛中，蔓梢还在向四处延伸， 那伸向虚空的触须，试图挽住椭圆的太阳。若碰巧钩住树枝、荆棘、钢条，便紧紧攥住，反复缠绕，至死不分，像生生死死的爱情；如果什么也没碰到，也会自己紧紧攥成一团，好像握住了满满的希望，像痴人追梦。

蔓梢带着舒展着小叶，还在抓住这秋日的暖阳开自己的花，结自己的果。

老实说，喇叭花是我们这里最不娇气的花，不需要人为它播种，无须人给它浇水施肥，也无人来管理呵护；有土它就发芽、生长、开花、结籽，任由小孩摘玩，任凭小鸟啄食。它夏天一到就着急似的开花，秋天一过就落籽。

牵牵绊绊的藤，大大的花冠，小小的花蕊，简单而艳丽。

我们总认为自己是平凡的，人生是平凡的，却总在为平凡的人生苦恼，总想做出不平凡的业绩。想想这喇叭花，名为喇叭花，它无声无息，不需要发声，因为没什么理论要宣示，也没有什么怨恨要倾诉，也不需为赋新词强说愁。它有泥土就自信地发芽，有雨水就恣肆地生长，有空间就任意地发展，有阳光就快乐地开放。它不需蜂蝶，没有呵护，也不用想着登堂入室，增高身价。它只充实地开自己的花，结自己的果。喇叭虽小，却为自己自由地开放。

休闲的小景，旧房已拆，新房未建，废墟空隙，静静地敞开喇叭，向着天空，向着地下，向着矗立的高房，向着远处的汽笛和飘来的尾气。你挤着我，我拢着你，呼吸着城市的尾气、雾霭、喧嚣。

这是曲靖的早晨，一群喇叭花的早晨，一群自在地开在城市高楼间的喇叭花的早晨。

老根底子

刘亮程

李家门前只有不成行的几棵白杨树，细细的，没几片枝叶，连麻雀都不愿落脚。尤其大一点的鸟，或许看都不会看他们家一眼，直端端飞过来，落到我们家树上。

像鹞鹰、喜鹊、猫头鹰这些大鸟，大都住在村外的野滩里，有时飞到村子上头转几圈，大叫几声，往哪棵树上落不往哪棵树上落，都是看人家的。它不会随便落到一棵树上，一般都选上了年纪的老榆树落脚。老榆树大都长在几个老户人家的院子里。邱老二家、张保福家、王多家和我们家树上，就经常落大鸟。李家树上从没有这种福气，连鸟都知道那几棵小树底下的人家是新来的，不可靠。

一户人家新到一个地方，谁都不清楚他会干出些啥事。老鼠都不太敢进新来人家的房子。蚂蚁得三年后才敢把家搬到新来人家的墙根，再过三年才敢把洞打进新来人家的房子。鸟在天空把啥事都看得清楚，院子里的鸡、鸡窝、狗洞、屋檐下的燕子窠、檐上的鸽子。鸟会想，能让这么多动物和睦共居的家园，肯定也会让一只过路的鸟安安心心歇会儿脚。在大树顶上，大鸟看见很多年前另一只大鸟压弯的枝，另一只大鸟踩伤的一块树皮。一棵被大鸟踩弯树头的榆树，最后可能比任何一棵树都长得高大结实。

我们家是黄沙梁有数的几家老户之一，尽管我们来的时间不算长，但后父他们家在这里生活了好几辈人，老庄子住旧了又搬到新庄子。新庄子又快住旧了。在这片荒野上人们已经住旧了两个庄子，像穿破的两只鞋，一只扔在西边的沙沟梁，一只扔在更西边的河湾里。人们住旧一个庄子便往前移一两里，盖起一个新庄子。地大得很，谁都不愿在老地方再盖新房子。房子住破时，路也走坏了，井也喝枯了，地毁得坑坑洼洼，人也死了一大茬，总之，都可以扔掉了。往前走一两里，对一个村庄来说，只是迈了一小步。

有些东西却会留下来，一些留在人的记忆里，更多的留在木头、土块、车辕、筐子、麻袋及一截皮绳上。这些东西十分齐全地放在老户人家的院子里。新来的人家顶多有两把新锨，和一把别人扔掉的破锄头，锄刃上的豁口跟他没一点关系，锄背上的那个裂缝也不认识他。用旧一样东西得好几年的时间。尤其一个院子，它像扔一把旧锄头或一截破草绳一样，扔掉好几辈人，才能轮到人抛弃它。

老户人家都有许多扔不掉的老东西。

老户人家的柴垛底下压着几十年前的老柴火，或上百年前的一截歪榆木。全朽了，没用了。这叫柴垛底子。有了它新垛的柴火才不会潮，不会朽掉。

老户人家粮仓里能挖出上辈人吃剩的面和米。老户人家有几头老牲口，牙豁了，腿有点儿瘸，干活慢腾腾的，却再没人抽它鞭子。

老户人家羊圈底下都有几米厚的一层肥土。那是几十年上百年的羊粪尿浸泡出来的，挖出来比羊粪还值钱，却从不挖出来，肥肥地放着——除非万不得已。那就叫老根底子。

在黄沙梁我们接着后父家的茬往下生活，那是我们的老根底子。在东刮西刮的风和明明暗暗的日月中，我们看见他们上辈人留下的茬头，像一根断开长绳的一头找到了另一头。我们握住他们从黑暗中伸过来的手，接住他们从地底下喘上来的气，从满院子的旧东西中我们找到自己的新生活。他们握那把锨、使那架犁时的感觉又渐渐地、全部地回到我们手里。这些全新的旧日子让我们觉得生活几乎能够完整地、没有尽头地过下去。

大风吹过古老的村庄

安宁

起风了。

我坐在一株梧桐树下看天。天空中的云朵在跟着风走，起先是一小朵一小朵的，像春天落在沟渠里的柳絮，风一来，就溜着沟沿走，谁也不搭理谁，谁也不依恋谁。那些细碎的云朵，它们没有来处，也不知去向。地上的人并不晓得这一朵云和那一朵云的区别，甚至还没有抬起头来看它们一眼，南来北往的风，就将它们全吹散了。后来，云朵就越聚越多，风起云涌，大半个天空，很快就被它们占据了。

风有些着了急，试图以更大的力，将云朵重新吹散。可是云朵却深深地在天空扎下根去，盘根错节，枝繁叶茂，任由风有再浩荡的力量，也奈何不了它们。

弟弟起初在树下玩泥巴，风将他皱巴巴的衣服，一次次地吹起，执拗地要寻找一些什么，可是最终连一粒糖也没有找到，于是便无聊地将衣角无数次地掀起，放下，掀起，又放下。弟弟着了迷似的，沉浸在泥塑的坦克大炮中，嘴里发出嘟嘟嘟的机关枪声，还有一连串砰砰砰爆炸的声响。他连一只蚂蚁爬上脚踝都没有注意，更不用说那一股不知从何处而来的风的撩拨。

风还在持续地吹着。它们越过连绵不断的山，吹过空空荡荡的田野，拂过被砍倒在地的玉米，试图带走一枚野果，不能如愿，只好恋恋不舍地将其丢弃，又继续向前，扫荡孕育中的大地。田间的草被风吹得快要枯了，可还是拼尽全力，从泥土里钻出最后的一抹绿。那绿在风里瑟瑟地抖着，左右摇摆，不确定要不要继续向半空里流动。风冷着脸，原本想将这已荒芜的草连根拔起的，却使不上劲，于是便呼哧呼哧地喘着气，沿着一大片草兜兜转转了许久，到底还是觉得无趣，伏下身体，蛇一样嗖嗖地擦着草尖向前。

后来，风就抵达了一片久已无人照管的桑园，看到了坐在梧桐树下的我，还有在自编自导自演的战争中，呜呜喊叫不停的弟弟。他的裤子上满是泥，脸上只剩下一双黑亮的眼睛。因为太瘦了，他整个的人就隐匿在衣服里，消失不见。于是风吹过来，只听见衣服绕着一截树桩一样，啪嗒啪嗒地响着。

风一定试图带走我和弟弟，于是它们在这小小的山坡上，逡巡逗留了许久。相比起我卷曲细软的头发，它们显然对弟弟的坚船利炮更感兴趣；它们叉着腰，居高临下地斜睨着弟弟，并将他用草茎做成的旗帜，一次次地拔起。风还在半空里发出怪异的笑声，那笑声长了脚，阴阴地从四下里聚拢来，俯视着再一次将草茎插到船上的弟弟。风当然笑嘻嘻地又吹跑了那无用的旗帜，并在恶作剧后，哗啦一下四散开去。风散开的时候，同时卷走了那根草。于是那草就沿着山坡，一路打着滚，踏上未知的旅程。弟弟生了气，停下激烈的战斗，跑去追赶他的旗帜。风哼着小曲，嘘嘘地笑着，嘲弄着弟弟，并将他的所爱，吹得更远，一直到那根草落进沟渠，并打着旋儿，顺水漂向更远的地方。

弟弟在沟渠旁，站了好久，才垂头丧气地返身回来。

他已经没有热情再开始另外一场战争，尽管处处都是草，他完全可以随手扯一根新的草茎，重新投入战斗。他就在一步步朝山坡上走来的时候，忽然间看到了天边风起云涌的壮美景色。五岁的他，迎着风，张着嘴巴，傻子一样呆愣在原地。他的口水顺着唇角流淌下来，好像他在看的不是大朵大朵的云，而是一大锅咕咚咕咚冒着热气的猪头肉。他还不知道“美”是什么，也不知该如何表达，于是他就“啊啊”地朝我叫着，喊着：姐姐，快看，云要打仗了！

无数的云聚集在一起，要跟谁打仗呢？当然是风。风浩浩荡荡地在秋天的田野里吹着，以一种收缴一切战利品的骄傲的姿态。这时候的它们，早已将村庄的大道、人家的房顶、迎门墙上剥落了颜色的不老松、庭院里的鸡鸭猪狗，全给扫荡了一遍。风明显不屑于在墙角旮旯里小家子气地兜来转去，它们是有大志向的，它们要有气贯长虹的豪迈，要有吞云吐雾的气势。于是风扭头冲向云霄，开启了一场在遥远天边的战斗。

我和弟弟抬头看着天边的云，直看得脖子都疼了，风还没有散去。风一定也有些累了，在黄昏里慢了下来。凉意自脚踝处，蛇一样一寸一寸地漫溢上来。那是风带来的凉，自更为遥远的北方大地。在更北的北方，有什么呢？森林，沙漠，河流，戈壁，还是荒原？风从那里吹过，要马不停蹄地行经多少个日日夜夜，才能最终抵达这个小小的村庄，并搅动一场与云朵的战争，且恰好让我和弟弟看到？

那时的我，去过的最远的地方，不过是热闹的县城。我连火车也没有坐过，只从父亲的口中，听说他常去送货的地方，要经过一段长长的铁轨。我于是便想象着火车呼啸而来时，风将路上的草屑卷起，落在父亲的衣领上。他微闭起眼睛，躲避着半空飞舞的尘埃。风将震耳欲聋的声音，强行灌入他的耳中。或许，父亲会像个孩子一样，用手指堵住双耳，并微微地张开嘴，好奇地注视着这庞然大物的离去。在那样的片刻，火车带走了他在尘世的哀愁，那些穷困的日子，也暂时地被忘却，或抛弃在某个灰暗的角落。一切都忽地生了翼翅，带着似乎从未有过梦想的父亲，奔向色彩瑰丽的远方，奔向他也曾经想要驰骋天下的未来。风将一切鸡零狗碎、柴米油盐的日子推远，父亲的自行车后架上，驮着的麦子、地瓜、粉皮，都自动隐匿。在铁轨上的风快要消失的时候，父亲或许有过瞬间的冲动，想要追赶那列远去的火车，或者变成任何一个车窗内曾经给过他注视的旅客，而不管他们是否跟他一样陷在日常的琐碎中。他只想去远方，猎猎的大风吹来的远方。就像那一刻，跟着天边的云朵，一起飞往虚空之地的我和弟弟。

天一黑下来，风就被关在了房间之外。我在窗前的灯下，做着无休无止的模拟试卷。我不知道人一天天长大，为什么也要经历一场场考试，但我却明白，这一场场考试，可以将我送到大学里去。大学在哪儿呢？当然是在远方。想到这一点，我便将心继续沉入试卷中。窗外的世界，也慢慢浸入湖水一样的安静里，于是风的声音，便愈发地清晰起来。

院子里有搪瓷盆碰到水泥台子的声音，那是母亲在洗手。她刚刚给牛铡完睡前的最后一次草，并将刷锅水倒入猪盆里，用力地搅拌着猪食。猪们早早地就听到了，扒着猪圈的墙，站起来向外看着。弟弟拿着木棍，用力敲打着一头想要出人头地的猪。那猪于是无奈地重新回到猪槽旁边，并用哼哼表达着心中的不满。我透过窗户，看到手电筒清冷的光里，母亲正将一盆冒着热气的猪食，哗哗倒入槽中。她的一缕头发，被秋天的冷风不停地吹着，好像墙头上一株摇摆的草。随后便是猪们一头扎进槽里猛吃的声音。墙角的虫子要隔上许久，才会在风里发出一两声低低的鸣叫；那叫声有些冷清，是一场热闹过后孤独的自言自语，无人搭理，也不奢求附和。

在父亲将自行车推进房间里来，弟弟也将尿罐端到床前的时候，院子里终于安静下来。整个村庄里于是只剩风的声音。风从一条巷子，穿入另一条巷子，犹如一条冷飕飕的蛇。巷子里黑漆漆的，但风不需要眼睛，就能准确地从这家门洞里进去，越过低矮的土墙，再进入另外一户人家的窗户。巷子是瘦长的，门是紧闭的，窗户也关得严严的，风于是只能孤单地在黑夜里穿行，掀掀这家的锅盖，翻翻那家的鸡窝，躺在床上尚未睡着的人，便会听到院子里偶尔一声奇怪的声响，像是有人翻墙而入。但随即那声响便消失不见，人等了好久，只听见风在庭院里穿梭来往，将玉米秸吹得扑簌簌响，也便放下心来，拉过被子蒙在头上，便呼呼睡去。

当整个村庄的人都睡了，风还在大街小巷上游荡。那时候的风，一定是孤独的。从巷子里钻出的风，遇到从大道上来的风，它们会不会说些什么呢？比如聊一聊它们曾经进入的某一户人家里，男人女人在暗夜中发生的争吵，或者老人与孩子低低的哭泣。还有一条瘦弱的老狗，蜷缩在门口的水泥地上，有气无力地喘息。

夜晚的风一定比白天的风，更为孤独。它们不再愤怒地撕扯什么，因为没有人会关注这样的表演。于是它们便成了游走在村庄夜色中的梦游者，被梦境牵引着，沿着村庄的街巷，面无表情地游走。

我终于在昏黄的灯下，做完了试卷。那时，所有的星星都隐匿了，夜空上只有一轮被风吹瘦了的月亮，细细的，摇摇晃晃地悬挂在村庄的上空，好像瞌睡人的眼睛。月亮看到了什么呢？它一定洞穿了整个村庄的秘密，知道谁家的孩子，比我还要用功地半夜苦读；知道哪个始终嫁不出去的老姑娘，夜夜辗转反侧，无法入眠。它在高高的夜空上，被秋天的风一直吹着，会不会觉得冷呢？没有人会给月亮盖一床棉被，当然，也没有人会给我盖。父母已经沉沉地睡去，临睡前被训斥一顿的弟弟，大约在做一个美好的梦，竟然笑了起来。那笑声如此短促，像一滴露珠，倏然从梦中滑落。而要早起到镇上做工的姐姐，也已发出了轻微的鼾声。她将被子裹满了全身，不给我留一点进入的缝隙。清幽的月光透过窗户，照在褪色的被子上，一切都是旧的，床，柜子，桌子，椅子，箩筐。一切也都是凉的。

我在上床前，猫在院子的一角，撒睡前最后的一泡尿。风把尿吹到了我的脚上，风还从后背冷飕飕地爬上来，并一次次掀动着我的衣领。我的影子被窗口射出的灯光拉得很长，长到快要落进鸡窝里去了。我怯怯地看着那团灰黑的影子，在地上飘来荡去，觉得它好像要从我的身体里分离出来，变成暗黑中一个恐怖的鬼魂。风很合时宜地发出一阵阵诡异的呼啸声，树叶也在扑簌簌地响着。忽然间一只鸡惊叫起来，一个黑影倏然从鸡窝旁逃窜。那是一只夜半觅食的黄鼠狼，它大约被我给吓住了，很快消失在黑暗之中，只剩下同样受了惊吓的一窝鸡，蹲在架子上瑟瑟发抖。我的心咚咚跳着，趿拉着鞋子，迅速地闪进门里，并将黑暗中的一切，都用插销紧紧地插在了门外。

我浑身起了鸡皮疙瘩，也不知是吓得还是冻得。我很快钻入了被窝，又下意识地靠近姐姐温热的身体，但蒙眬睡梦中的姐姐，却厌烦地踹我一脚，便翻了一下身，继续睡去。我的屁股有些疼，却又不知该向谁倾诉这深夜里的疼痛，只能自己孤独地揉着，而后蒙了头，闭眼睡去。

窗外的风，正越过辽阔的大地，包围了整个村庄。

午饭过后，父亲将半袋麦子放在二八自行车后座上。弟弟兴奋地围过来看，又隔着尼龙袋子，将麦粒捏得咯吱作响，好像即将去上学的是他，而不是我。

“我要去送姐姐！”弟弟向父亲请示。

“那就送你姐到公路口吧。”

“我可驮不动你。”我抗议道。

“那我就跑着！我要跟洋车赛跑！我还要跟风赛跑！”弟弟的胸脯高高地挺着，一副自信满满能超越风的样子。

我只好用沉默表达同意。

弟弟立刻化成一股风，将我的书包从房间里提出来，他还装了一个大大的烧饼，于是书包便鼓鼓囊囊的，丑了几分。我看了心烦，将烧饼掏出来，气呼呼地扔回房间里。弟弟却依旧笑嘻嘻的，看我出来，推动车子，他便瞬间飞奔至大门口，又忽然停住脚步，回头注视我推着车子，摇摇晃晃地向他走去。

我想甩掉弟弟，便在走出巷口后，趁他不注意，跳上自行车奋力蹬了起来。风有些大，又是顶风，于是我的计划执行起来便有些吃力。但我却硬起心肠，不打算回头去看弟弟。我只听见他跟在我的车子后，快乐地奔跑着，嘴里还发出啊啊啊的喊叫声。风在耳边呼呼地响着，风也一定在奋力向后扯拽着弟弟的双脚。我听见弟弟在呼哧呼哧地喘着粗气，他的脸一定也是红红的吧，我想。我能感觉到他在车后几米的位置，却始终追赶不上。但他越来越近的喘息声，却又告诉我，他一定可以将我追上的。于是我又故意加快了蹬车的速度，但风也跟我较劲一般，把我用力地向后拖拽着。车子摇摇晃晃，半袋麦子眼看也要坠落下来，我有些泄气，恨不能跳下来，自己扛起麦子走人，将一堆废铁留给讨人嫌的弟弟。可是我又不想在他面前丢掉最后的颜面，便硬撑着，低头弯腰费力地蹬着车，好像那个倒霉的骆驼祥子。

忽然之间，车子变得轻了起来，犹如生了翼翅一般，我几乎想要高声歌唱，并放慢车速，怡然自得地欣赏一下风吹过秋天大地的美，或者深情地嗅一嗅泥土里散发出的成熟谷物的芳香。至于那个总是留着长长鼻涕的脏兮兮的弟弟，我才懒得理他。他最好化作一阵风，从我的面前彻底地消失掉。

可是没有，他依然在后面撒欢地奔跑着。只是，他在推着后车架奔跑。我低头，看到他的双脚，小马驹一样欢快地跳跃着，脚上的布鞋照例顶出一个洞来，看得见倔强的大脚趾笑嘻嘻地探出头来。风将他包围着，但他有的是乘风破浪的力量，我觉得身后的弟弟，变成了一尾鱼，于波涛之中，奋力地向前。风一次次将他推回到岸边，他又一次次执拗地跃入汪洋之中。他甚至对这样的游戏乐此不疲，并用大声地呼喊，表达他内心的快乐。

姐姐，我们一起跟风比赛吧！

但他并不等我的回复，便跳到车子的前面去。这次，我看到了他奔跑的样子，瘦瘦的，两条小腿，在裤管里荡来荡去，好像那里是两股无形的风。后背与前胸上的衣服，快要贴到一起了。我觉得弟弟又从鱼，变成了纤细的纸片人，或者一只柔弱的蝴蝶。一阵小小的风，都能将他从这个村庄吹走。可是他却丝毫不觉得自己弱小和卑微，他的内心里涌动着强大的力量，这力量大到不仅仅可以对抗那一刻的风，还能对抗整个的世界。

是的，那一小段路，他追赶的不是我，也不是风，他在追赶他自己，一个被我嫌弃的小小的自己。

他就那样在我的前面跑啊跑，跑啊跑，有那么一刻，我甚至希望这条乡间的小路，永远都不要有尽头，就像这个世界上的风，也永无休止一样。我跟着他，奔跑到哪里去呢？我不知道。我也不关心。我只想这样注视着他瘦小的背影，倾听着他清晰的呼哧呼哧的喘息声，就像我们是在一条时光隧道里无休无止地奔跑，而这条隧道的尽头，则是成年之后，不复昔日亲密的我们。

风果然在很多年后，将我和弟弟蒲公英一样吹散了。我跟随着风，去往北方以北，那里是所有风的源头，无数支风，犹如千军万马，从沙漠、草原、戈壁一起出发，向着无尽的南方奔去。当我站在荒凉的戈壁滩上，看到沙蓬被大风裹挟着，漫山遍野地流浪，什么东西将它们拦住，它们就停留下来，将种子播撒在那里。一株沙蓬草，究竟能走多远呢？当它们的双脚，被石块、泥土、沙蒿、柠条或者大树牵绊住的时候，它们的心底浮起的，究竟是宿命一样的悲伤，还是终于寻到归宿的欢喜？有谁会关心一株沙蓬一生颠沛流离的命运呢？它们没有双脚，却借助风，在北方大地上游荡。如果幸运，一株沙蓬会遇到湿润的泥土，生儿育女，繁衍不息；而后将它们的流浪精神，完美地复制给后代。于是秋天一来，沙蓬这一大地上的浪漫种族，便跟随着风，开始一场大规模的迁徙。它们穿过山野、戈壁、荒原，越过黄河、沙漠、村庄。它们一定比一个人漫长的一生历经过更多的风景。它们看到过一头牛行走在草原，一个人赶着马车孤独前行，一个鸟巢在半空中摇摇欲坠，一株树被雷劈开，死在荒野。它们在风里互相追逐着奔走的时候，一株沙蓬会不会给另外的一株说一会儿话？会不会像我和弟弟，在村庄大道上一前一后地飞驰，互不言语？如果某一天它们走丢了，是不是永远不会再有相见的日期？爬山调里唱：“我是一棵沙蓬草，哪搭挂住哪搭好。”这歌声里，蕴蓄了怎样一种对于命运的顺遂与无奈啊！

当我在蒙古高原上，写下这些文字，又想起那个孤独的午后，我和弟弟站在风里看天上的云。风最终将那些形形色色的云全部带走，不留印痕。风也带走了村庄里许多的人，他们或者寂寞地死去，或者像沙蓬一样，流浪进城市。风最终将一个老去的村庄，丢给了我。

而这时，如果我回到村庄，蹲在墙根下，眯起眼睛，晒晒太阳，我一定又可以听到风的声音。那声音自荒凉的塞外吹来，抵达这堵墙的时候，已经是春天。风暖洋洋的，在我耳边温柔地说着什么。去年的玉米秸，在风里扑簌簌地响着，它们已经响干响干的，一点火花，都可以让它们瞬间呼隆呼隆地燃烧起来。空气中有一种甜蜜的、好闻的又热烈的味道，那味道似乎来自遥远的童年，在我还是一个孩子的时候。那时，我依偎在母亲的怀里，小猪一样拱啊拱，拱啊拱，最终，我寻到了世间最幸福的源头——母亲的乳房。

那一刻，风停了下来。

整个的世界，都是我的。

草木间的一段故事

宁红瑛

那是一个深秋的午后，多年未见的朋友从外地来小城出差，电话相约一叙。待我从乡下赶至城里，朋友临时急于公务走了。几步之差，千里之隔。

按她微信里的地址去取带给我的特产。折身时在街口转角处看见一家茶店，名字很特别，叫哎冷茶韵。

我信步走了进去，在一个靠窗的茶台边落座。此时阳光刚好照进房间，一点一点在窗帘、茶台上漾开，一束紫色的“勿忘我”从陶罐里随意垂落，青花瓷茶盏在光影中冒着热气，似有似无的茶香在鼻息间聚散……

泡茶的女孩微微抬头看了我一眼，没有刻意招呼。两只手在层香迭溢的茶韵间出落，一招一式彰显着娴熟的技艺。喜欢她眉头低垂专注看茶的瞬间，喜欢她把一杯杯茶汤递到客人面前微笑着示意“你吃茶”。

姑娘用开水认真冲洗了一只品茗杯置于我面前的茶台，茶汤入杯，汤色透亮，玛瑙生韵。入口那一瞬，陈、厚、糯、润、滑这几个字由感官一下传递到大脑。

“普洱生茶，十五个年份以上。”我把杯子放回茶台，望向姑娘。

“2003年景迈山古树。”姑娘回。

这款茶一下唤醒了我对另一款茶的追忆。记得那是十八年前随同学一家去版纳考察橡胶林。从山上下来随他们几个爱茶人在普洱小镇上闲逛，我们接连品鉴了十几家茶店。每一款茶上来，他们都热议着这款茶出自哪个山头、古树的大小、存储年份、汤色、口感、韵味。

出店，进店。我被迫跟着他们又走进了一个叫“景迈山”的茶庄。茶到第三泡，同行的司机李哥咂嘴：绵软糯滑，味醇韵厚，好茶！感觉他不是在喝茶，是吮吸，像婴儿贪婪地吮吸乳汁，每吮吸一声都撩拨着在场的每一个人。

几乎不喝茶的我忍不住也轻啜了一小口，接着一大口，一杯，两杯。我没有他们那么多的感官享受，唯一感受到的是味蕾与胃都不再拒接的熨帖，苦涩和难咽没有了。这不同于我之前喝过的其他茶。

也就是那天，我才知道脾胃寒凉的我不适合喝绿茶，而我之前偶尔喝过的大部分都是绿茶。那晚他们给我科普了很多关于茶的知识。云南茶分为绿茶、红茶、普洱茶，普洱还有生熟之分……

因了这款二十年的景迈山普洱生茶，我喝了人生第一杯启蒙茶，从此爱上普洱。在爱上普洱的这十八个年头，我喝过不同山上的茶，但一直没喝过如那年一样口感的老茶。

听着龚一的古琴《忆故人》，凝视午后阳光在透明拉窗上描绘树叶的影子，回忆着十八年前那款景迈山，回味着十八年后的这款景迈山，同学依稀站在景迈山顶，我们一起指点江山，激扬文字。陪我喝茶的同学走了，她离世后没有人与我聊过茶。

有一种情，因茶而生。想看看刚刚喝的这款景迈山，遂问姑娘要了茶饼来。

熟茶！

“你确定刚刚冲泡的是这款茶吗？”我问。姑娘郑重地点头，随即又给我续了一杯。

“这款茶来自莽苍秘境景迈山，是老家野生古树，当年做了 14 片熟茶，前年腾仓库时盘出。”

意外。

意外的不是遇此茶，是用古树压熟饼。通常，茶商们多数都以台地茶来做熟茶。用古树来做的少，一是价格贵，二是外形不好看。古树采摘都是一茎四叶的，除去黄叶，经过渥堆发酵后叶子相连的茎都跑出来，外形不好看不说，很多喝茶人是不喝熟茶的。

这款茶是那年哥哥进山寻崖蜜给婆婆入药，山中迷路误入莽苍，得此野生古树茶，量少。加之当年春茶制作已毕，舍不得丢弃，渥堆发酵后压成熟饼。用古树茶压熟饼，一般的茶商不会冒这个险，熟茶讲究的是茶艺师的制作工艺、拼配技术。姑娘为此和我说起景迈山，说起她的哥嫂，她们一家都在景迈山种茶、制茶、开茶店。

我又认真喝了一口，除了厚度、口感、余津、气蕴、力道，还觉出了微蜜之香。就像当年那款景迈山陈普，同行的李哥就认定古树旁边一定有崖蜂，五里之内必有兰花一样。

有一种相逢，叫久别重逢。

慢啜细品，细腻绵滑，滋味醇厚，喉韵绵延……茶逢知己千杯不够。

姑娘另换了一款景迈山十年生普。前两泡苦味重，三泡后茶味慢慢铺陈，丰富的层次感在递进中逐渐展现，堆砌成非常清冽的山野香，接着舌头中后部双呷生津，茶味渐渐从喉部延伸到整个口腔。

姑娘接着又给我尝了她家明前的景迈山，汤色清亮，入口苦，但苦涩味化得快，在口腔上颚至舌底、喉部一带已明显转化为甘。茶性强，有厚度和刚度，茶香和茶汤的饱满度，还有待时间加持。

在“班章为王，冰岛为后”的普洱茶行里，所谓的上品、极品，还有很多鱼目混珠的拼配，或为炒作或为虚名，市场以价格神话了茶质。茶本就草木，从神农尝百草时开始，茶就是长在此地与彼地的苦药，苦是茶的本性，药是茶的作用。药用价值与地块、树龄、制作、陈化、年份无关，只与口感有关。喝茶是一种情致、一种心境，茶好与不好，在茶，在茶之外。

那天，我们喝了很久，聊了很多。茶汤滑落肺腑，天籁拨动心音。我知道，我来对了地方。

我相信这个世界上是有眼缘、茶缘、人缘之说的。在浩若繁星的茶场、茶厂、茶庄、茶商那里，你要找一款适合你的茶，是缘也是幸。

每一个爱上普洱茶的人，时间喝久了都会有一个心理储仓，一旦建立，它会让一个豁达大度的人变得很矫情，那种排他的不认可度让你不能随意。错喝一口，都像是对不起潜在的感官系统，不但味蕾，全身心都在抱怨。会喝，是一种粗浅的尝试；懂喝，在时间里慢慢加持；养藏，就是到达境界的深远了。

在喜欢普洱的这十八年里，我盲从藏下的很多茶可能只是数字和年份，所以我现在买茶就有了和性格上不一样的理性。茶量、水质、热度、泡壶不变的情况下，茶不能入口就只能在质地、年份、发酵、陈化、保存上找原因。而这些比较中，我认为茶的品质是顶顶关键的，藏多少年，怎么藏，只是一种辅助。

有一种相遇，叫不期而遇。

此时阳光随时间慢慢移动到泡茶姑娘身上，她娴静坐着的样子，像一朵莲。

挑选几件称意的茶具，是爱茶人一辈子都难拒接的缘分。拾几枚茶盏杯具珍藏，是爱茶人一生的喜好，我更是有过之而无不及。眼睛似乎是忙不过来，却又定在一处很难转身，拿在手上左右掂量，顾此而不想失彼。最后挑了三只主人单杯，一只是汝窑，一只是建盏，一只是柴烧。

临走，姑娘给我包了几泡当年的班章和冰岛，我拒接了。我本意想带走的还是那款景迈山，但我不敢询问价格，快二十年的孤品，我怕价格超出自己能力范围而尴尬。正踌躇时，姑娘从里间拿着一片出来："看你喜欢，带一片回去。"

我问及价格，她摇手，没有价格，是你有缘遇上。

一茶一世界，一叶一菩提。此后经年，红尘深处，小城往北，我常去一个叫哎冷茶韵的地方。为寻一只杯，为找一款茶，不为什么，只是想去坐坐。

花茶遇的是诗，绿茶约的是词，红茶邂逅散文，而我和哎冷茶韵，如普洱，是小说，有年份可鉴，在草木之间章回续篇。

或许，也只是一段故事。没有地久天长，没有一生一世。不问前尘，不说后句，珍惜一盏茶的时光。从窦绿初春到素裹秋霜，从清晨日暮到夜晚星灯，一杯粗茶，一段时光，带引我回到那山川草木之中，听风声穿过千年古树，茶汤洗涤疲惫铅华，让我在薄凉与温润的岁月里安暖。

在一座小城栖居久了，去哪儿吃饭，到哪儿喝茶，跟谁一起，都有一个向度。不是哪儿不好，不是哪儿更好，不是非要和谁一起。更多的时候，与吃饭无关，与喝茶也无关。就想约那么几个人，去那么几个地方。

一餐饭，一杯茶，一段缘。看似平常简单，其实和谁相遇，什么时候相遇，每一次都是老天最认真的安排。

时光刻写的东汉符号

石红许

鄱阳湖西河北岸崇山峻岭间，遗落了一串时光刻写的东汉符号，那是一个偶然的机会，我发现地下掩埋的汉砖，与莲山汉墓相隔不远，它们难道是彼此孤立的存在？

一个英雄辈出的天朝，不管时光流泻多少年，总是能够在岁月的河滩上打捞一些永不褪色的痕迹，那是一个时代的特殊标识。汉砖，裹挟着千年风霜雪雨、大地余温款款停驻眼前。

一块砖、几块砖、许多砖，带着泥土的气息呈现出来，虽是灰头土脸的样子，仍然引起了正在锄地的村民王国华的注意，几丈之地外就是汩汩流淌的溪流，当地人叫杨家堰，最终归入西河。搬几块回家，端详之后发现上面有图纹，更令人惊讶的是还有文字。触摸泛浮历史时光的砖块，上过中学的王国华感觉这不是普通的砖，应该有蛮大的价值。随着砖块越来越多地出现，王国华查阅了手上非常有限的资料才知晓那是汉砖。他粗略地理了一下，发现大概有三五个品种，分别是永初三年、延光四年、永建五年、阳嘉元年等。“永初”“延光”等为东汉皇帝汉安帝、汉顺帝的年号，前后相隔二十多年，正值宦官当道、外戚专权、百事多艰，大汉进一步滑向腐败的转折关头。也许埋葬在余畈的汉砖也嗅到了都城洛阳弥漫着内忧外患的气息。

沿鄱阳湖支流西河而上，从响水滩翻越分水岭，就到了谢家滩余畈村向阳村小组（杨家边），正是这个村的菜地里埋藏着汉砖。因为它们把人们的思绪拉回汉朝，我的兴奋、惊奇几乎到了极致，那么遥远的时代居然以这样的方式潜伏身边，像是专家、教授在海昏侯墓里发现了竹简上刻写的填补文史空白的《论语·知道》。汉砖是那个年代散佚的碎片，是岁月遗世的诗篇，伫立玉米地前，南瓜藤蔓、野草疯长，我怀疑自己处在一个幻境里。同行的鄱阳县港头医院的小盛使劲徒手扒开泥层，淘宝一样的兴奋惊醒了半截残砖，上面几何图纹、文字仍然带着汉朝泥土的湿润坦露眼前，确信无疑，抱一块回去。我观察了一下，王国华的菜地紧挨着通往另一个村庄的小路，与村里其他人家的菜地连成一片，坐落在杨家堰溪流冲积的河谷中，是一个略高于水田的狭长地带，当地人称洲上，应该有上百亩。据目测，这一大片土堆的形成应该是有人工平整痕迹的。至于为什么这么偏僻的山野，居然有汉代遗存，在如今看来，不可思议，时光没有给我们留下释读密码。就是今天，我们要想进一趟余畈村，也要费一番周折，乡路弯弯曲曲、坑坑洼洼，遇上下雨还得提防山体塌方、泥石流等自然灾害。

显然，这些砖块绝非后人人为运进来的，无“有好事者船载以入”。基本可以断定，在汉代，这里居住着古老的先民。而谱牒显示，现在的余畈村大都是明清以后迁徙至此定居的。于是，我们把目光锁定英布的后代，周边散落着分水岭英家等诸多英姓村庄，它们世世代代在此繁衍生息，想必与他们不无关联。传说相距不远的莲山汉墓与英布有关，只是还没有找到铁证，故鲜为人知。我一直坚信莲山汉墓就是英布后代留下的，甚至我还大胆设想，余畈汉砖绝对不是孤立的存在，虽然英布被杀害分尸而葬，但是，他的后裔在汉代依然享受一定级别的贵族的资格和待遇，受封守护祖先坟茔，况且英布毕竟还是长沙王、鄱阳第一县令吴芮的女婿，也不难理解其后人生活在鄱阳境内西河北边崇山峻岭间，扼守要地，进退自如。这仅仅是我的猜测而已。走进西河大地，哪怕沃野千里，或青山遮罩，我总是浮想联翩。

一块汉砖就是一种文化。随着考古发掘的不断深入，汉砖或许并不稀奇了，而且，关于汉砖的研究也越来越深入，关于汉砖的文化也越来越成体系。中国古陶博物馆曾经策划过一个以“凝固的时光”为主题的精品砖展，看过其文字说明，才晓得砖文化的博大精深是我难以企及的，有研究者、学者倾其一生就是为了探求古砖文化，岂是我这样浅尝辄止的人所能够抵达的，我有幸能沾点皮毛就不错了。

汉砖，是留有古人指纹的艺术作品，提取一枚指纹下来，可对话汉朝。“大风起兮云飞扬”，时光虽然已经逝去两千多年，透过几块散落在山野里的汉砖，思接远古，抬头环视绵延的狮子山、老虎坡、大山、大岩等，云卷云舒，微雨飘洒，那分水关还是汉时的关吗？不远处的龙潭还是洪荒时代的龙潭吗？俗话说：“龙潭通海，石柱冲天，雷公不打，姚家出仙。”那么，汉砖是不是姚家仙人留下的符号？

生活中，偶尔也会与穿越历史尘埃的汉砖邂逅，与我拥有的半桶水碰撞，除了修订、加固并不丰盈的知识结构，激起一串无关痛痒的涟漪，却也足以让我兴奋一些时日。一个夏日，无意中在广丰养村山杨剑老师家发现一张永建年间的东汉刑徒砖拓片，字迹简练草率，却记载了一个囚犯的基本生平，也就是这个囚犯所谓的墓志铭，再留下当代书家的题跋，起到解读、鉴别、文化守护等作用，也是一种新的艺术形式。看来，在中国汉代，死亡还是非常神圣的一桩事，连犯人都能够享受一定的待遇。事实就是如此！汉代是一个雄傲历史的英雄时代，哪怕是丧葬过程也成为一场艺术的盛宴。我们是否可以这样去想象，一个人逝去，在超度灵魂期间，马上就要启动相关预案，砖是必不可少的，必须量体裁衣，或许这是唯一证明其身份的符号。面对汉砖，我真正明白了“死者为大”的含义。

独尊儒术的普及，致使汉代人有豁达、通彻的生死观，相信有来生，认为死亡是一种崇高的超度，要体体面面、安安然然离去，如同赴一场没有归期的约会。正是因为繁复的礼制、精美绝伦的砖雕艺术，死亡在汉代也就变得不怎么可怕、悲伤，反而对活着的人是一种安抚、慰藉。就是在今天，从一位农村老人去世仍然弄得天摇地动的场面看，人们似乎还能够触摸到汉代的丧葬遗韵——霸气、壮阔、美丽、温情、关怀、幸福。

汉砖不语，但一身都是语言，虽然很难弄清余畈村汉砖的墓主身份，也无须弄清。王侯乎？贵族乎？大贤乎？或许现有的中国汉代历史也不缺江南这一段掩埋的历史碎片，除非另有重大发现。余畈汉砖，至少让我进一步明白了，汉代人墓葬是非常讲究的，哪怕是在偏僻的江南山区，死亡的规格也不会降低标准，定做的砖上允许打上皇帝年号，一并陪葬身边，这在其他朝代简直是不可思议的事情。凭这一点，便足见汉代的开放、开明。大汉雄风，在此也可略见一斑。

日夜不息的杨家堰，心里比谁都清楚这里发生过的一切。